L'ENFANT

DE

L'OMBRE

L'ÉTALON MYSTIQUE : TOME 2

DI ANNA

Dédicaces

Table des matières

Prologue

Dix-huit ans plus tôt

Je suis radieuse dans ma jolie robe de mariée, avec mon père qui m'accompagne jusqu'à l'autel. Quelle ne fut pas ma surprise, quand il accepta de changer pour moi en mettant ses a priori en suspens, en acceptant mon futur mari et l'enfant que je porte. Arrivé à la hauteur de Christopher, son futur gendre, il m'embrasse tendrement sur le front et me demande de tout lui pardonner. Je ne comprends pas ses paroles et suis submergée par tant de questions d'un coup. Cependant, en apercevant mon tendre amour, un sourire éblouissant sur le visage, je les met de côté.

La cérémonie fut merveilleuse. J'étais, enfin, madame Klein. Nous dansons au milieu des invités quand notre table explose. Mon mari et moi-même tournons la tête en direction de mon père. Il sourit, d'une façon inhumaine. Il sort de la manche de son costume noir un sabre que je reconnais de suite et il court dans notre direction. Mon mari m'embrasse et me demande de m'enfuir. Il me dit qu'il m'aime et qu'il me retrouvera plus tard. Il disparaît et réapparaît à la droite de mon père.

Je n'arrive plus à bouger, mais quelqu'un me prend par le bras et me tire en direction des voitures, c'est ma meilleure amie.

Je suis le combat du regard tout en continuant de courir. Je trébuche sur le corps d'un démon, me redresse et regarde tout autour de moi, je sens des larmes couler sur mes joues. Je regarde mes mains, elles sont rouge et noir, mélange du sang des humains et des démons. C'est un vrai carnage sur la piste de danse entre ma famille et celle de mon mari. Mon père est blessé au bras mais il continue de se battre contre Christopher. Des hommes et des femmes sont couchés au sol, blessés ou, peut-être, déjà plus de ce monde. Comment a t-il pu me trahir à ce point, moi, sa fille unique. Je me remémore ses paroles et je comprends tout, maintenant. Le mariage était un piège pour réunir tout le monde au même endroit. Il va pouvoir les renvoyer en enfer sans faire trop d'effort. Du moins, Luna la chasseuse de démons va pouvoir leur faire passer la porte des enfers sans s'épuiser.

Je suis en colère, je le hais, il n'aurait pas pu plus m'atteindre, aujourd'hui. C'est lui le monstre et pas ma belle-famille. Judith m'aide à me relever et me tire le bras pour me faire réagir. Je la fixe et suis son regard en direction des pneus de ma voiture, qui sont crevés. Nous n'avons plus le choix, il faut courir vers la forêt et atteindre la ville avant que mon père ne me tue. Judith me réconforte avec des pensées positives qui m'atteignent directement et me font avancer un peu plus vite.

Étant donné mon état, je fais le maximum pour distancer ceux qui veulent me tuer.

Nous venons de faire deux kilomètres lorsqu'une autre explosion retentit. Je me stoppe net et me retourne pour me retrouver nez à nez avec mon cousin, qui vise mon ventre arrondi avec une arbalète. Judith me pousse et se met devant moi pour me protéger, ce qui ne l'arrête pas. Mon amie lui parle, lui dit qu'elle l'aime et qu'elle ne comprend pas son revirement. Elle pleure, mais lui n'est en aucun cas troublé. Il ne cherche pas à discuter et lui tire dessus, en plein cœur. Elle s'effondre en me caressant le ventre. Je m'accroupis, prend sa tête entre mes mains et rapproche mon oreille de ses lèvres. Elle me parle doucement et m'ordonne de sauver ma peau et celle de sa filleule.

Ils étaient ensemble depuis plus de cinq ans, et devaient se marier l'an prochain. Je me redresse et lui balance au visage toute la haine que j'ai à ce moment précis.

— Tu es un monstre !? Pourquoi l'avoir tuée ? Elle t'aimait !

— Le centre passe avant tout, vous êtes des dommages collatéraux. Ton père fera en sorte que rien ne sorte de ce lieu. Il mettra la faute sur les démons et la trêve sera rompue.

— Il ne peut pas faire ça, il n'a pas les moyens ! !

— Il a tous les droits, maintenant. Le président du centre a été tué par un démon... Ton beau-frère, je crois, ah ah ah ah.

— Tu es un enfoiré ! !

Je suis perturbée par son geste. Il me regarde en se marrant et en me traitant de monstre. Je me redresse et lui envoie des boules de feu pour essayer de l'éloigner, mais, il les évite et continue de se rapprocher dangereusement. Christopher apparaît derrière lui et tranche sa gorge d'un coup sec. Il s'effondre au côté de ma meilleure amie. Mon mari, blessé au niveau du flanc droit, m'enlace et me demande de courir. Je lui rends son baiser et m'enfuis en direction de la ville pour me permettre d'être en sécurité. Je regarde devant moi mais n'aperçois aucune lumière pour me guider. Mon père a choisi le bon endroit pour nous trahir, loin des regards indiscrets.

J'entends des pas dans mon dos lors de ma course. J'essaie d'accélérer, toutefois, le poids de mon bébé me pèse et m'empêche de courir. Mon père que j'aimais du plus profond de mon âme vient de renvoyer l'homme de ma vie en enfer, je le pressens au plus profond de moi. Une douleur au cœur me fait chavirer, je heurte un mur de béton et tout mon poids me fait basculer en arrière. Je descends à toute allure la colline en essayant de protéger le plus possible mon ventre, ma petite fille conçue d'un amour inimaginable. J'aperçois mon père, qui me regarde dévaler la colline, sans me venir en aide.

Je sens ma tête heurter une souche d'arbre et commence à voir flou. J'examine le lieu où je me trouve et me rend compte que je me suis arrêtée juste à un mètre de la falaise. Je ne peux plus bouger, mes bras et mes jambes ne réagissent plus. Je réussis à apercevoir mon ventre rond et voit une tâche rouge sur ma robe blanche. Je la relève pour voir d'où provient tout ce sang et une plaie béante apparaît devant mes yeux. J'entends des pas s'approcher de moi. Je lève les yeux et entrevois mon père penché au dessus de moi. Il me regarde avec dégoût et se met à hurler :

— Tu n'es plus rien à mes yeux depuis le jour où tu as rencontré ton mari, qui au passage, est retourné chez lui, en enfer. Tu vas mourir et ta fille, aussi. Dis bonjour de ma part à ton mari.... Oups, désolé, mais, toi, tu ne pourras pas aller le rejoindre, ahahahah.
— Tu es un monstre ! !

Je suis prise de douleurs atroces au niveau de l'abdomen, je pleure alors que lui rigole. J'essaie de toucher mon ventre mais rien ne se passe. La tête me tourne, et c'est le trou noir.

Chapitre 1

De nos jours

Ambre

– Papou, tu sais où est mon sac ?

– Regarde à l'entrée, Rosita l'a sûrement rangé dans le placard. Tu sais bien qu'elle ne supporte pas lorsque tu laisses tes affaires sur le sol.

– Super, merci papou. A ce soir.

– Arrête de m'appeler comme ça, je ne suis pas crédible auprès de mon équipe. Allez, fonce, tu vas rater ton bus. Bonne rentrée et surveille tes arrières.

– Oui, j'y vais. Bonne journée, papou.

Je passe la porte en me marrant et je me précipite en direction de l'arrêt de bus. J'arrive au niveau du seul croisement de mon bled paumé et le bus me frôle sans s'arrêter. Je rage intérieurement. Je n'ai plus qu'à courir pour ne pas arriver en retard le premier jour de cours. Je mets mon sac sur le dos et commence à accélérer le pas.

Je sprinte depuis déjà dix minutes quand une voiture s'arrête à mes côtés. Une grosse berline noire aux vitres teintées me suit au pas. Je m'arrête, me penche vers la vitre et essaie de voir les passagers mais n'aperçoit rien. La vitre se baisse, je fais un pas en arrière, surprise, et distingue deux têtes qui m'observent. Ce sont deux jeunes femmes de mon âge, l'une est châtain clair, un regard très chaleureux et d'un vert émeraude , le visage fin et long. L'autre, côté passager, a un regard identique cependant je ressens beaucoup de rage qui s'en dégage. Je peux entrevoir des petites tâches de rousseur sous toute cette couche de fond de teint. Ce maquillage lui donne un visage sombre, qui ne me fait pas confiance. La conductrice penche la tête pour me voir et m'interpelle :

– Coucou, tu as besoin que l'on te dépose quelque part ?

Elle me sourit, ses dents sont resplendissantes. Elle a l'air si gentille. Je vais pour répondre quand sa copine émet un grognement qui m'effraie sur le moment.

– Euh..... Bonjour.... non merci ça ira, je vais marcher.

Elle me fixe abasourdie et me répond du tac au tac :

– Fais pas attention à ma cousine, elle a du mal à faire confiance aux gens et elle se prend pour un tigre. Allez monte, je suppose que c'est ton premier jour à l'université et la plus proche se trouve à trente minutes en voiture, donc à pied, tu n'es pas prête de faire ta rentrée.

Elle se marre et sa cousine prend le relais :

– Monte, je ne mange pas les jolies filles.

Elle me fait un clin d'œil qui ressemble plus à une grimace et se met une nouvelle fois à grogner. C'est impressionnant, on dirait vraiment celui d'un tigre. Je réfléchis à ce qu'elles viennent de me dire et elles n'ont pas tort. Si je veux arriver à l'heure, je n'ai pas d'autre choix que de monter dans leur voiture. Et puis,, je ne pense pas que ces filles me veulent du mal. La conductrice a l'air sympa et je suis ceinture noir de Kung-fu donc je ne crains rien, logiquement.

Je monte dans la voiture, la passagère me laisse sa place devant et s'installe juste derrière moi. Je me sens oppressée, très mal à l'aise. La conductrice s'en rend compte et commence à se présenter. Elle s'appelle Léa et sa cousine s'appelle Chloé. Elles ont dix-huit ans et entrent en première année à la faculté de Boston. Chloé va faire des études de commerce alors que Léa veut devenir vétérinaire, comme moi. Elle me parle de tout et de rien et cela me détend. Je me sens bien, tout d'un coup, comme si tout le stress accumulé dans mon corps pendant ces deux mois d'été avait disparu comme par enchantement. Je me sens légère, je ressens une sensation étrange quand Léa me touche le bout des doigts. Un fourmillement me traverse le corps, de la main jusqu'aux orteils. Je sursaute et la regarde, apeurée.

– Qu'est-ce que tu m'as fait ?

Sa cousine se marre et me touche les cheveux. De nouveau ce fourmillement étrange. Je me retourne et lui crie d'arrêter de faire ça. Je demande à Léa de s'arrêter pour pouvoir descendre de la voiture, mais j'entends le cliquetis de la portière qui m'annonce que les portes sont verrouillées. Je panique de plus en plus mais essaie de montrer un visage serein. Je réitère ma demande en la fixant et aperçoit une étincelle étrange dans son regard. Elle s'arrête sur le bas côté et se tourne dans ma direction.

– Nous ne te voulons aucun mal, Ambre. Je perçois quelque chose d'étrange en toi et cela m'intrigue. Est-ce que je peux te toucher encore une fois ?

Elle est complètement folle. Je suis perturbée car ses paroles, et ses gestes sont à la fois déplacés et fous, mais son regard me pousse à lui faire confiance. Je bloque, me recule et lui demande d'ouvrir la portière. Elle se réinstalle face au volant et redémarre. Elles vont m'emmener dans un endroit chelou et me tuer, m'enterrer pour que personne ne puisse retrouver mon corps. Je fixe mes jambes, elles tremblent. J'essaie de prendre sur moi, de calmer ma peur comme en début de combat lors d'une compétition de karaté ou de Kung-fu. Oui, je pratique beaucoup d'arts martiaux. Mon grand-père tient une boîte de garde du corps et il me fait pratiquer ces sports depuis mon plus jeune âge. Je suis capable de me défendre et même de mettre K.O son plus grand et musclé garde du corps depuis mes quinze ans.

Je souffle un grand coup, prends mon visage dans mes mains en malaxant celui-ci pour détendre tous les petits muscles qui s'y trouvent. Je me redresse et observe mes jambes qui ne tremblent plus. Je me rends compte que nous sommes arrêtées dans un parking, mais, pas n'importe lequel. Nous sommes arrivées devant l'entrée de la faculté de Boston. La portière se déverrouille et je sors rapidement de la voiture sans leur adresser un regard. Je me mets à courir et sens un regard persistant dans mon dos. Je tourne la tête, entends Chloé crier que c'était pour rire, me retourne et percute quelque chose de grand et dur. Je sens mon corps se projeter en arrière et m'imagine déjà tomber à la renverse, les quatre pattes en l'air. Mais c'était avant de sentir une paire de bras musclés me rattraper, et me plaquer contre un torse dur.

Je lève les yeux et mon regard bleu azur se noie dans le regard onyx de ce beau jeune homme. Je ne bouge pas et l'examine. Il a un visage carré, bronzé avec une fossette au menton. Il me sourit. Sa dentition est parfaite, d'une blancheur éblouissante. Il pourrait faire une pub pour le dentifrice. Je me perds dans son regard et j'entends Léa qui le salue d'un ''Jordan''. C'est donc le prénom de ce bel apollon. Merde, je réagis et essaie de me détacher de ses bras; il bascule et je percute le sol avec mes fesses. Aïe, ça fait mal. Je le regarde et il s'excuse pour la chute.

Je me relève, essuie mon jean, attrape mon sac que Léa me tend et pars en direction de l'amphi. Cette journée démarre vraiment mal.

<u>Léa</u>

Je l'observe partir vers notre salle. Cette fille m'intrigue, il y a quelque chose en elle qui n'est pas normal. Chloé n'a rien ressenti et elle pense que le stress du premier jour perturbe mes dons. Je fais la bise à Jordan, mon cousin, et pars vers ma salle. Chloé part de son côté. Lorsque j'entre dans l'amphi, cette sensation étrange recommence. C'est elle qui m'a fait m'arrêter devant Ambre ce matin et là, rebelote. Je lève les yeux vers le fond de la salle, Ambre s'y trouve. Je décide de suivre mon instinct, qui ne m'a jamais fait défaut, et m'installe à ses côtés. Je l'entends souffler, elle n'est pas contente. Tant pis, si de mon côté, ça peut régler mon souci, alors je reste ici. Je lui glisse un papier avec mon numéro de téléphone. Elle le prend et le jette dans son sac. Je suis sûre qu'elle a ressenti ces fourmillements tout à l'heure. Je lui met un petit coup de pied pour qu'elle me regarde, seulement, j'ai été un peu trop brute. Elle essaie d'étouffer son cri avec ses mains, mais c'est trop tard, le prof l'a entendue.

– Bonjour, je vous laisse descendre de votre perchoir, mesdemoiselles, et vous installer devant, il y a deux places qui n'attendent que vous.

Ambre est rouge pivoine, elle ne doit pas avoir l'habitude d'être au devant de la scène.

Elle ramasse ses affaires et me remercie méchamment pour cette intervention. Je fais pareil et la suit jusqu'au premier rang. Le prof nous observe, il est satisfait. Il se présente et commence à nous expliquer son programme. Ce cours n'est qu'une option, donc j'écoute seulement d'une oreille ce qu'il raconte. Les fourmillements sont toujours là, mais ma marque ne me brûle plus . Je gribouille sur mon carnet des mots comme démons, anges, sorcières, métamorphes mais je ne trouve pas la solution à mon problème. En plus, vu sa réaction dans la voiture, je ne pense pas qu'elle connaisse le monde obscur. Je décide de laisser mon souci en suspens et de m'intéresser à cette première heure de cours. Je lève les yeux sur le prof et la sonnerie retentit. Je regroupe mes affaires et essaie de rattraper Ambre qui s'est enfuie.

A l'heure du déjeuner, je rejoins Chloé et Jordan sur l'herbe. Ils se disputent. Quand ils m'aperçoivent, Chloé change de conversation.

– Qu'est-ce qu'il se passe Chloé ?

Elle me tourne le dos et me snobe.

– Chloé ! ! ! C'est quoi ton soucis depuis ce matin ?

Jordan répond à sa place :

– Elle ne comprend pas ce qu'il t'a pris ce matin quand vous avez croisé la belle brune aux yeux bleu. Elle pense que tes pouvoirs te jouent des tours et elle voulait prévenir tante Luna et sa mère. Je lui ai confisqué son portable, du coup, elle n'est pas contente.
– Tais-toi, Jordan! ! ! Tu ne sais pas garder un secret et en plus elle t'a retourné le cerveau, cette fille!
– Chloé, ça fait maintenant deux ans qu'on vit ensemble à l'internat et maintenant à la demeure. Si tu as un souci avec moi, tu viens me voir de suite! .... non ? ! Alors à quoi tu joues ?
– C'est bon laisse tomber, Léa. Tu as raison je ne sais pas ce qu'il m'a pris.

Elle me prend dans ses bras puis nous nous mettons à manger. Jordan fixe un point derrière moi et se met à parler.

– Elle est vraiment belle cette fille et tu as raison, Léa, elle n'est pas humaine. Quand elle était dans mes bras, ce matin, j'ai ressenti une chaleur m'envahir et je n'arrivais plus à détacher mon regard du sien. J'ai eu l'impression qu'elle envahissait mon esprit, que nous ne faisions plus qu'un.
– Oh, mince. C'est pas bon pour toi, ça.

Chloé explose de rire, un rire qui m'emporte avec elle. Mon cousin vient de rencontrer son âme-sœur. Je le lui explique et il ne me croit pas. Avec Nolan, j'ai ressenti la même chose.

Nous ne nous sommes pas vu depuis deux ans et demi, dû à mon entraînement et à la découverte de mon rôle dans ce monde obscur. Mon père et ma tante considèrent que le lien d'âme-soeur, quand on est jeune, est moins puissant et que c'est pour cela que l'on a réussi, Nolan et moi, à rester aussi éloignés autant de temps. On s'appelle, tout du moins, je l'appelle car lui m'en veut encore beaucoup de l'avoir abandonné. Après, on ne m'a pas laissé le choix. Le manque se fait ressentir de plus en plus, depuis mes dix-huit ans, et mes pouvoirs commencent à devenir fous. J'ai plus de mal à les contrôler en pleine chasse. La dernière fois, ma cousine a failli y passer, car mes pouvoirs ne marchaient pas, et nous avons été pris au dépourvu par une dizaine de démons. Heureusement que mon cousin Jordan est arrivé avec ses potes et qu'ils ont mis K.O la plupart d'entre eux. Depuis, je suis privée de chasse seule avec elle, et Jordan nous suit de partout. Il a dû s'inscrire à l'université avec sa meute de loups pour pouvoir nous avoir dans son sillage toute la journée.

Imaginer une bande de dix mecs, beaux comme des dieux, ayant une musculature de rêve avec une aura immense, dans une université où les trois quarts des étudiants sont des femmes ! !

Et bien je peux vous dire que tout ça va faire du bruit. En parlant des loups, ils sortent la queue. Un troupeau de pimbêches arrive dans notre direction, je me retourne et découvre toute la bande en face de moi. Je comprends mieux maintenant. Les filles arrivent à notre hauteur, je sens que notre déjeuner tranquille est fini. L'une d'entre elle m'interpelle et me demande si elles peuvent se poser avec nous. Chloé lui répond à ma place que nous avions fini et que nous partions en leur laissant la pelouse. Je me redresse et me dirige vers l'établissement accompagné de ma cousine. Jordan nous fait un signe de la main, avant de se faire entourer par toutes ces femmes.

Je n'ai pas croisé Ambre de toute l'après-midi et décide d'aller voir le doyen pour avoir une explication. Arrivée devant son bureau, je sens de nouveau cette sensation bizarre. Le doyen me fait entrer et me demande de m'asseoir.

– Comment va ma filleule préférée ?
– Tu plaisantes ! Je suis ta seule filleule.
– C'est vrai, tu as raison, haha. Alors que me vaut ta présence, dès le premier jour de la rentrée ?

Je ne sais pas si je dois lui parler de ce qu'il m'arrive, avec mes pouvoirs qui déraillent depuis la rencontre avec Ambre. Il m'observe de ses yeux de félins et je me jette à l'eau.

– J'ai rencontré une fille, ce matin, sur le trajet. Elle avait raté le bus alors je lui ai proposé de l'emmener ici. Mais

une fois installée à côté de moi, mes pouvoirs ont déconné. Elle a ressenti la même chose que moi et a paniqué. Elle fait le même cursus que moi , et pourtant je ne l'ai pas vue de toute l'après-midi. J'ai un mauvais pressentiment, mais vu qu'en ce moment je ne peux plus avoir confiance en mes dons, je voudrais que tu m'aides.
– Connais-tu son nom ?
– Non.
– Son prénom, son âge ?
– Elle s'appelle Ambre et elle doit avoir mon âge.

Il pianote sur son clavier, patiente et s'exclame tout sourire :

– Cette année nous avons eu raison d'investir dans ces ordinateurs, ils sont fantastiques et d'une rapidité exceptionnelle.
– Viens en au fait, parrain, j'ai encore de la route, après.
– Alors, elle s'appelle Ambre Hunter, elle a dix-huit ans et fais le même cursus que toi. Oh là, elle a raté les cours tout l'après-midi, c'est pas bon ça. Il va falloir que je la convoque... Non, attends, elle est à l'infirmerie. Elle a eu un malaise pendant la pause déjeuner, son grand-père a été prévenu. Il doit venir la récupérer d'ici peu.
– Ton ordi est top, merci pour tout.

Je lui fais un bisou sur la joue et sors de son bureau en courant. Il faut que j'arrive à l'infirmerie avant son grand-père.

Chapitre 2

Ambre

Ma tête tourne, j'essaie d'ouvrir les yeux mais je ne peux pas, les néons sont trop forts. Je frotte mon visage et ouvre mes paupières tout doucement. Je dégage ma tignasse brune de devant mes yeux et observe attentivement ce qui m'entoure. Je suis dans une petite chambre dont les murs sont peints en blanc. Je suis allongée sur un petit lit avec une couverture rose qui me remonte jusqu'au menton. J'ai très chaud, je la repousse sur mes jambes et je me redresse en prenant appui sur mes coudes. La pièce ne contient pas grand-chose pour m'aider à me repérer, elle ressemble à une chambre d'hôpital. J'entends du bruit, dans la pièce d'à côté. Je me penche sur le côté et pose mes pieds au sol. Le carrelage est froid et crasseux. Je cherche du regard mes chaussures, mais sans succès.

Des bruits de pas se font entendre. Quelqu'un approche vers moi, je me rallonge dans le lit et fais semblant de dormir. Cette personne me touche le front et me caresse la joue. J'ouvre les yeux, lui pousse la main et me redresse pour m'écarter quand elle se met à m'expliquer qu'elle est l'infirmière de la fac. Je rabaisse mon poing et lui lance mes plates excuses. C'est une femme très petite et assez mince qui doit avoir la cinquantaine. Elle me sourit et commence à prendre mes constantes en m'expliquant ce qu'il m'est arrivé. D'après elle, je ne dois plus sauter de repas car j'ai fait un malaise dû au manque de sucre dans mon sang. Je ne comprends pas, c'est très étrange car j'ai bien mangé ce midi. Je ne la contredis pas, la laisse m'expliquer tout ce que je dois faire maintenant pour que cet événement ne se reproduise plus. Elle m'annonce que mon grand-père va venir me récupérer bientôt quand quelqu'un frappe à la porte. Elle m'abandonne et va lui ouvrir. Je réussi à me relever et trouve mes chaussures que j'enfile. Je me dirige dans l'autre pièce, plus spacieuse et moins sombre, et aperçois Léa sur le seuil de la porte. L'infirmière lui sourit et la laisse entrer. Je ne suis pas d'humeur à lui parler, c'est à cause d'elle tout ce qu'il m'arrive aujourd'hui. Elle me regarde et me demande l'autorisation d'approcher. L'infirmière nous laisse seule.

Léa est gênée, elle n'ose pas parler, alors je me lance :

— Qu'est-ce que tu me veux ? Ça ne t'as pas suffi de me faire peur ce matin, tu veux en rajouter une couche ?
— Non, Ambre, je voulais m'excuser. Ma cousine aime bien faire des blagues mais ce n'était pas drôle.

– Une blague ! Tu rigoles, qu'est-ce qu'il s'est passé dans ta voiture ? Ne me prends pas pour une imbécile ! !

Elle s'apprête à me répondre lorsque la porte s'ouvre d'un coup. Léa se retrouve entre mon grand-père et moi. Elle se met en retrait et il s'approche pour me prendre dans ses bras.

– Comment vas-tu, ma princesse ? Que s'est-il passé ?
– Ça va mieux, apparemment j'aurai fait un malaise, mais je ne me souviens de rien, juste de mon réveil dans la chambre d'à côté.

Il m'examine sous toutes les coutures mais je n'ai aucune blessure apparente. L'infirmière revient vers nous, je pivote vers l'endroit où se trouvait Léa deux minutes auparavant pour retrouver un mur blanc, elle est partie. Mon grand-père écoute les explications de l'infirmière attentivement et me sermonne d'avoir sauté mon repas.
Je ne dis rien car j'ai envie de rentrer le plus rapidement possible à la maison. Cette journée m'a épuisée, vidée.

Durant le trajet du retour, mon papou me questionne sur cette journée interminable dont je ne me souviens qu'à moitié. Il me paraît un peu stressé. Je le rassure en lui répétant que je vais bien. J'observe par la fenêtre et je m'assoupis. Il me réveille, nous sommes arrivés. Ma tête tourne mais je ne dis rien, il risquerait de s'occuper de moi tout le reste de la journée.

– Papou, je vais dans ma chambre pour me rafraîchir. A tout à l'heure.

Je vacille et me rattrape à la rampe de l'escalier. Je pensais que personne n'avait vu mais il me tient le bras et m'aide à monter.

– Je vais appeler le médecin, ce n'est pas normal.
– Non, ça va aller. Je vais m'allonger un moment et ensuite je descendrai manger.
– Ma princesse, tu t'allonges. Rosita va t'emmener ton repas et le médecin va venir t'examiner.

Il me lance un regard sérieux en plus de son ton autoritaire. Cela ne sert à rien de discuter quand il est comme ça. J'acquiesce et m'allonge en remontant le drap sur moi. Je lui souris et c'est le trou noir.

<u>Léa</u>

Pendant le trajet du retour, Chloé n'arrête pas de me prendre la tête avec ses péripéties de l'après-midi. Un des loups de la meute de notre cousin est dans la même classe qu'elle et n'arrête pas de lui coller aux basques.
Sa tigresse ne le supporte plus, et du coup elle se sent très irritée. Jordan, qui se trouve sur la banquette arrière, ne pipe mot jusqu'au moment où elle me précise qu'elle va lui arracher la tête.

– Oh tu ne peux pas tuer l'un des miens parce qu'il te colle un peu trop, t'es folle !

– Il m'insupporte, c'est le premier jour et je suis déjà à bout. Soit tu lui dis qu'il me lâche, soit un accident malencontreux va lui arriver, et il pourrait y perdre la vie.

Elle lâche un grognement et je vois dans son regard que son tigre est près à sortir. Jordan grogne, lui aussi. Ils ne vont tout de même pas se transformer dans ma voiture, elle est toute neuve. C'est un cadeau de mon père pour mes dix-huit ans. Je me gare sur le bas côté et les mets dehors.

– Je vous laisse finir le trajet à pied, ça fera redescendre votre rage ! ! ! A tout à l'heure.

Je bloque les portières et pars en trombe en jetant un regard dans mon rétroviseur. Ma cousine s'est déjà métamorphosée tandis que mon cousin, lui, met des coups de pieds dans les graviers. Premier jour et je ne les supporte plus. Si ça continue, je change de famille. Il va falloir que Chloé y mette du sien et que Jordan retienne ses gars.

Je me gare et aperçois la voiture de mon père. Je sors et me précipite dans le hall. J'inspire et une odeur que je ne peux oublier me titille les narines. Tous mes sens sont en ébullition. Je fais un pas, deux pas, puis entends ma tante et mon père qui parlent très fort dans le salon. Je me cache derrière la poutre et essaie d'écouter ce qu'ils disent. Une main vient se poser sur mon bassin, je respire, il est là. Il me retourne et me plaque contre le mur.

– Comment vas-tu, ma belle ?

Il a l'air tellement sûr de lui, c'est incroyable. Je place mes mains sur son torse pour éviter qu'il se colle à moi. Je l'ai appelé tous les jours et c'est à peine s'il me répondait. Et là, il se pointe et il croit que je vais me jeter sur lui. J'essaie de le pousser mais rien n'y fait, il est trop fort. Il a changé depuis tout ce temps, il fait trois têtes de plus que moi. Et son torse, quel torse ! ! Il est dur comme du béton. J'enlève mes mains, qui commencent à me brûler et relève mon regard pour tomber dans le sien. Il me regarde avec tant d'amour, alors que moi je rage de l'intérieur. Je baisse les yeux pour rompre le contact et me décale sur la droite pour ne plus être prisonnière de ses bras.

– Tu crois que je vais te sauter au cou ? (Même si j'en ai vraiment envie). Je t'ai appelé tous les jours et tu ne me parlais pas, ou très peu ! Toujours des excuses ! Ça fait deux ans et demi que l'on ne s'est pas vus et tu reviens comme si de rien n'était ?!
– C'est toi qui est partie !
– Je sais, et je le regretterais toute ma vie. Mais tu savais que je n'avais pas le choix alors que toi tu pouvais venir me voir, me parler au téléphone, mais rien ! ! ! Alors ne crois pas que je vais te sauter dans les bras. Tu rêves.

Comme toi, j'ai besoin de temps, maintenant.

Je tourne les talons et me réjouis d'avoir mis mon plus joli slim, celui qui me fait un derrière magnifique. Je sens son regard sur moi jusqu'à ce que je change de pièce. Non mais il croit quoi ! Que je suis à sa merci ? Il rêve. Mais pourquoi sont-ils venus ?

Une fois dans ma chambre, je me pose et sors mon ordinateur pour chercher des infos sur Ambre. Au bout d'une heure de recherche, je laisse tomber, cette fille est introuvable. Pas de compte instagram, ni de compte facebook. C'est rare de nos jours. Je ferme l'ordinateur et décide de descendre au salon. Je ne vais pas pouvoir leur faire la tronche longtemps. J'entends des rires provenant de la salle de jeu, Chloé parle assez fort et s'esclaffe. Je ne peux pas compter sur elle pour être de mon côté. Dès qu'elle est en présence de Nolan, elle est différente. Ils ont gardé contact pendant toutes ces années alors que moi, il voulait à peine m'adresser la parole. Je leur en veux énormément pour cela, mais bon, c'est ma cousine et mon ... En fait, je ne sais plus ce qu'il représente pour moi. La seule chose dont je suis sûre, c'est de l'amour que je lui porte malgré tout ce qu'il s'est passé pendant ces deux ans et demi.

Je franchis le seuil de la porte et mon père vient me saluer. Il me serre fort dans ses bras et me demande si mon cadeau m'a plu. Je le remercie une énième fois et me détache de lui.

– Bon, vous allez me dire ce qu'il se passe ? Et surtout qu'est-ce que Nolan fait ici ?

– Ta tante m'a dit que tu avais des soucis avec tes pouvoirs depuis quelques temps. Et on pense que c'est dû à l'éloignement que l'on vous fait subir avec Nolan. Lui aussi a du mal à se contrôler pour rester humain.

Nolan coupe mon père et m'interpelle.

– La dernière fois que ça m'est arrivé, j'étais au supermarché. Je te dis pas la tête des clients quand ils ont vu un cheval se promener entre les rayons. Je n'ai réussi à me retransformer qu'une fois rentré à la maison, deux heures plus tard. J'ai du mal à contrôler mes colères et mes envies....

Il baisse la tête, gêné par sa dernière phrase. Chloé se marre et se rapproche de lui. Elle lui caresse le bras tendrement et je sens une boule de colère sortir de moi.

– Touche-le encore une fois comme ça et je t'égorge.

Elle me regarde, surprise par mes paroles et lui lâche le bras en m'envoyant un désolé.

– Moi aussi, j'ai du mal à contrôler ma colère. Bon, on fait quoi, alors ?

– Nous avons inscrit Nolan à la faculté de Boston. Il va rester ici avec nous pendant tout son cursus scolaire.

– Et le ranch ? Et sa formation ?

– Nous avons terminé et pour le ranch, sa mère a embauché quelqu'un à l'année depuis un moment. Il se débrouille très bien.

– Je suis certaine que vous ne me dites pas tout.

Nolan veut intervenir mais mon père l'en empêche.

– Oui c'est vrai, ce n'est pas la seule raison. Lors de notre combat, en France, une brèche est restée ouverte. Nous la surveillons jour et nuit et il y a une semaine, des démons se sont échappés des enfers. Ils étaient trop nombreux pour nous.

– Oh ! Non ! Il y a eu des victimes?

– Non, aucune victime, heureusement. Quand nous sommes arrivés sur les lieux avec Nolan, mes hommes étaient en train de somnoler. Nous avons suivis leur trace jusqu'ici, dans ce village. Est-ce que vous avez vu ou entendu des choses étranges depuis deux ou trois jours ?

– A part que mes pouvoirs déconnent, non, rien d'anormal ou de plus que d'habitude.

Ma cousine prend la parole :

– Si, il y a eu cet incident ce matin, avec cette fille.... Ambre, je crois. Quand tu l'a touchée tu as ressenti des fourmillements dans tout ton corps. Mais moi, rien du tout.

– Vous connaissez son nom ? Demande mon père.

– Oui, elle s'appelle Ambre Hunter, elle est dans ma classe. Elle vit chez son grand-père, je pense, car c'est lui qui est venu la récupérer. Son visage me rappelle vaguement quelqu'un, par contre elle, je ne la connaissais pas avant ce matin. On aurait dit que cette rencontre était voulue. Ma voiture a calé juste quand on est arrivé à sa hauteur. Quand j'y repense, c'est très étrange, la voiture est neuve et elle a redémarré une fois qu'elle s'est installé à mes côtés. Je n'ai pas fais attention sur le coup car j'étais beaucoup plus intriguée par elle que par ce phénomène. J'ai fait des recherches et je n'ai rien trouvé à son sujet, aucun compte sur les réseaux sociaux.

Ma tante parle au téléphone et renseigne son interlocuteur avec toutes les informations que je viens de lui donner. Nolan me fixe depuis le début de la conversation, je lui fais signe de me suivre dans le jardin. Nous avons beaucoup de choses à nous dire. Mon père gère le problème avec ma tante tandis que Chloé part dans sa chambre. Nolan me prend la main et nous marchons sur le sentier. Ce jardin est magnifique avec toutes ces fleurs, mais en particulier ces rosiers que ma mère adorait. Je viens souvent ici pour m'évader dans un monde plus serein, plus calme, sans tous ces démons à mes trousses. Ce chemin avec ses petits gravillons noirs fait ressortir toutes les couleurs autour, qui nous explosent aux visages à cette heure de la journée. Nous nous dirigeons vers la forêt qui se trouve juste derrière celui-ci. Nolan m'emmène vers un vieux banc en bois. Je m'assieds à ses côtés et regarde dans le vague en caressant une gravure. Ce sont les initiales de mes parents, E+A = L. Il la remarque et me questionne du regard.

– C'est le banc de mon père et de ma mère, ce sont leurs initiales Enzo, plus Aurore, égal Léa. Ils étaient jeunes et ma mère était enceinte de moi. Elle savait qu'elle attendait une fille, où du moins elle le ressentait, et ils avaient déjà choisi mon prénom. C'est le seul endroit où je me sens normale, où j'ai l'impression que rien ne peut m'atteindre. Comme dans tes bras, avant que je ne parte....

Je me tais et admire le coucher de soleil qui est splendide. Nolan me prend la main, la serre et commence à s'expliquer.

– Je t'en ai voulu de m'avoir abandonné au moment où je découvrais qui j'étais. Plus tu m'appelais et plus le manque de toi grandissait en moi. Ton père m'a expliqué ton monde, qui est le mien depuis deux ans, seulement j'ai eu du mal à comprendre que tu choisisses tout ça plutôt que moi.

– Je n'ai pas eu le choix, Nolan. Mes tantes m'ont emmenée pour vous protéger, ta mère et toi. Maintenant que les démons savent qui je suis, je me fais attaquer au moins une fois par semaine. La dernière fois, Chloé a failli y rester, heureusement mon cousin Jordan et sa meute de loups ont réussi à les neutraliser. Depuis, toute sa meute me suit à chaque déplacement pour me protéger. Tout ça à cause de mes pouvoirs, qui font ce qu'ils veulent.

Ma tante Luna ne sait pas ce qu'il se passe, cela ne lui est jamais arrivé. Mais bon, je suis la seule à avoir eu des pouvoirs aussi tôt.

Nolan me prend le menton et tourne ma tête vers lui. Une larme coule le long de sa joue, je l'essuie avec mon doigt. Il se met à chuchoter.

– Je ne voulais pas te parler car à chaque fois que je raccrochais, je faisais une crise et me métamorphosais. Ton père m'a expliqué que le manque de toi était plus fort car je suis plus vieux. Et qu'il était temps que l'on se retrouve avant de faire des étincelles. Je... n'ai pas arrêté de penser à toi chaque jour, chaque heure, chaque minute. Ton père me prenait les trois quart de mes journées, comme tu peux le voir, à m'entraîner, à gérer mes émotions. Il m'a appris quelques incantations au cas où je sois physiquement coincé, un plan B quoi. Mais le soir, quand je ne tombais pas de fatigue, tu étais là, sans être là. C'était dur de gérer tout ça. Je ... t'aime si fort. Te sentir si loin de moi sur ce banc me rend malade. Je ne vais plus pouvoir te laisser maintenant.

Je le regarde pleurer et ne me rends même pas compte que je pleure autant que lui. Il essuie mes larmes et m'embrasse la main qui est toujours dans la sienne.

– Tu vois, je te fais pleurer. Je ne sais pas si je peux te prendre dans ...

Je ne lui laisse pas le temps de finir sa phrase et me positionne sur ses genoux en enfonçant mon visage dans son cou. Mon corps se relâche et je pleure toutes les larmes de mon corps. Je commence à trembler et il me propose de rentrer. Je refuse, je suis si bien dans ses bras. Il resserre son étreinte et m'embrasse le front.

— Je t'aime tellement.

Nous restons serrés, l'un contre l'autre, jusqu'à ce que mon père vienne nous chercher pour manger.

Le dîner se passe sans encombre, ma tante discute du problème avec mon père et ma cousine. Jordan fait connaissance avec Nolan qui ne me lâche pas du regard. Je suis si heureuse d'avoir toutes ces personnes, que j'aime plus que tout au monde, réunies autour de cette table. Nous terminons ce repas et partons nous coucher, car la journée de demain risque d'être chargée.

Chapitre 3

Ambre

J'entends mon grand-père qui parle avec le médecin de famille. Je veux ouvrir les yeux mais je n'y arrive pas, je sens une main dans la mienne, je me concentre et essaie de serrer les doigts de cette personne pour lui faire comprendre que je suis réveillée, mais rien. Mon corps n'est plus connecté à mon cerveau. Cette sensation est horrible. Étant donné que je ne peux pas bouger, je me concentre sur la seule chose que je peux faire, écouter leur conversation. Docteur Tomas explique à mon grand-père que mes symptômes sont dus aux traitements que je prends tous les jours, que mon corps élimine plus rapidement la toxine et que mes pouvoirs refont surface. Mais de quoi ils parlent ? Le seul médicament que je prends est pour mes maux de tête et mes allergies que j'ai régulièrement depuis mes dix ans. Cela dit, depuis quelques temps, il est moins efficace. Et des pouvoirs ? Il croit que nous sommes dans un livre fantastique ? Il plaisante, il fait une blague à mon grand-père ! ! Je sens une douleur dans mon bras, une piqûre ? Ma veine me brûle, ça me chauffe dans toute la partie gauche de mon corps. Qu'est-ce qu'ils sont en train de m'injecter ? je veux hurler pour qu'ils arrêtent mais aucun son ne s'échappe de mes lèvres. Mon grand-père me parle, mais mes oreilles me jouent des tours, je l'entends de très loin, très très loin, jusqu'à perdre connaissance.

Mon réveil se met à crier une chanson hard rock, je tape dessus mais rien n'y fait, il continue à me balancer dans les oreilles ce son affreux. Je me lève, me rattrape à la table de nuit car j'ai la tête qui tourne. Ces vertiges commencent à être ennuyeux, à la longue. Tous les matins, depuis déjà quelques semaines, je manque de m'affaler sur le parquet de ma chambre. Heureusement que j'ai de bons réflexes. Je me rassois et appuie sur le bon bouton, le réveil s'arrête enfin. Je me lève tout doucement et pars dans la salle de bain. Je me déshabille et entre dans la douche. J'adore cette douche, on pourrait y entrer toute une équipe de foot tellement elle est grande. Quand j'allais à la plage, petite, je ramenais de gros coquillages de toutes les formes et mon grand-père les moulaient dans une sorte d'enduit bleu transparent pour en faire une faïence resplendissante. Le plafond est bleu azur avec des mouettes, ma douche représente la mer avec sa plage et ses coquillages. Un velux a été installé dans le plafond pour permettre à la lumière du soleil d'entrer.

Je me lave avec mon éponge rose bonbon, l'odeur de fruits rouges commence à embaumer ma douche. Je raffole de ce gel douche, aux senteurs de fraise, qui rend ma peau douce comme la peau d'un bébé. Je me rince lorsque j'entends quelqu'un tambouriner à la porte.

– Tout va bien, princesse ?
– Oui, papou, tout va bien. Je te rejoins après ma douche.

Il est vraiment bizarre depuis quelques temps. Il est toujours en train de me demander si je vais bien. Je sors, me sèche et entoure la serviette autour de mon corps pour aller jusqu'à mon dressing. Je regarde par la fenêtre et aperçois un grand soleil, je prends un short en jean avec un débardeur rouge. J'enfile mes baskets blanches et descends rejoindre Rosita dans la cuisine pour l'aider à préparer le petit-déjeuner. Elle est en train de faire des crêpes, je me rapproche et lui fais un bisou sur la joue.

– Mmmhhh, tu nous gâtes aujourd'hui, des crêpes, ça sent trop bon.

Elle me caresse la joue et me sourit tendrement. Rosita est comme une mère pour moi, elle gère cette maison et s'occupe de moi depuis toujours. Ma mère, je n'ai pas eu la chance de la connaître, elle est morte pendant l'accouchement. Mon grand-père me parle souvent d'elle, elle était très belle et si gentille d'après ces propos. Il m'a dit qu'elle m'aimait avant même de me voir, que j'étais une bénédiction pour cette famille. Quand il parle d'elle, il est si triste que je le réconforte et nous parlons d'autre chose. Mon père, il ne m'en a parlé qu'une seule fois. Il a abandonné ma mère quand il a su pour sa grossesse, c'est un salaud. Il ne s'est jamais présenté à moi et il ne vaut mieux pas car je risquerais de mal le recevoir. Rosita me fait sortir de mon absence en me bousculant tout doucement. Je récupère la confiture de fraise et la suis jusqu'à la salle à manger. Elle me gratifie d'un de ses sourires qui me remplit de bonheur pour la journée.

Mon grand-père est assis au bout de la table avec son café fumant dans une main et son journal dans l'autre. Il fait parti de la vieille école. J'ai beau lui expliquer qu'internet c'est bien plus efficace que son journal, mais non, rien n'y fait. Il ne veut pas changer les habitudes qu'il a depuis quarante ans. Je m'approche de lui et lui dépose un baiser sur la joue. Il me fait signe de m'asseoir et continue sa conversation. Je n'avais pas remarqué son oreillette. Il m'étonnera toujours. Le journal mais le téléphone avec oreillette, bien sûr.

– OK, bonne journée madame Stone.

Il me regarde et commence la discussion.

– Alors, comment vas-tu, ce matin ? Tes migraines te font souffrir ?

C'est vrai, ce matin je n'ai pas de migraines et je n'ai pas encore pris mon traitement.

– Ça va, je n'ai pas mal à la tête. Par contre, je ne me souviens plus de la fin de soirée. Ni d'avoir mangé, ni d'avoir mis mon pyjama.

– Oui, hier soir, tu as eu un autre malaise et le docteur Tomas t'as donné de quoi les arrêter. Rosita t'a installée pour la nuit.

Je me tourne vers elle, elle regarde mon grand-père avec incompréhension. Lui, ne daigne même pas lui jeter un coup d'œil et continue de boire son café. Il me cache quelque chose, c'est sûr, et il embarque Rosita dans ses mensonges. C'est louche cette histoire. Je regarde mon téléphone et constate qu'il est déjà l'heure de partir si je ne veux pas rater mon bus. Je leur fais un signe d'au revoir et Rosita me tend mon sac avec mon déjeuner. Je franchis la porte et cours en direction de mon arrêt. Je suis en avance et attend sur le banc.

Une voiture s'arrête devant moi, la fenêtre côté passager s'ouvre et je découvre Jordan avec un sourire ravageur et un regard de braise, qui me demande si je veux monter dans sa voiture. Je lui souris, moi aussi, et refuse son invitation. Il insiste, cependant, je reste braquée sur ma position jusqu'à ce que le bus passe en trombe devant nous. Je rage, à cause de lui, le chauffeur ne m'a pas vu et a continué sa route. Je n'ai plus le choix, je suis obligée d'accepter son invitation. Il est ravi, demande à son pote de passer derrière, puis jette son sac sur la banquette pour me faire de la place au niveau des jambes. Tout à coup, un grognement bestial s'en dégage.

– Grrrrrr, putain Jordan, tu as mis quoi dans ton sac, des briques ?

– Oh, arrêtes de faire ta chochotte, c'est juste mes livres de cours.

– Ouais et bien sur le visage, tes livres, ça fait mal.

Une fois la place libre, je m'installe et regarde sur la banquette arrière d'où trois jeunes hommes à la carrure imposante me toisent. Je les salue de la main et ils me sourient tous, sauf celui qui vient de se prendre le sac de Jordan. Il n'a pas l'air content. Une fois ma ceinture attachée, Jordan s'insère dans la voie de circulation. Il me parle de ses études, de ce qu'il voudrait faire plus tard et m'interroge sur mon cursus et pourquoi j'aimerais devenir vétérinaire. Je me sens détendue en sa présence, aucune gêne avec lui. Nous dialoguons tout le long du trajet et je m'arrête de parler quand nous arrivons sur le parking de la fac, où Léa et Chloé attendent leur cousin. Je remercie Jordan pour ce trajet en sa compagnie et m'enfuis vers ma salle. Je ne veux pas leur parler. Jordan s'est excusé plusieurs fois à la place de ses cousines mais c'est trop tôt pour que je leur pardonne leur blague, j'ai eu très peur et cette sensation dans mon corps a réveillé quelque chose en moi que je n'arrive pas à comprendre.

Léa

J'attends Nolan et Jordan sur le parking avec Chloé. Aujourd'hui nous avons eu le droit à la présence de Jérémy , Victor et Sébastian. Séb a encore fait des siennes et Chloé est de très mauvaise humeur. Il peut être vraiment pénible. Je lui ai demandé de descendre au milieu du trajet, sinon Chloé l'aurait égorgé. Je crois qu'il est accro mais ce n'est pas réciproque. Il va falloir que j'en parle à Jordan car je ne voudrais pas que Chloé se retrouve enfermée à cause d'un abruti qui ne tient pas à sa vie. J'aperçois leur voiture, Ambre est installée à côté de Jordan. Elle a dû rater son bus une seconde fois. Elle sort de la voiture et fait comme si nous n'étions pas là. Je pense qu'elle n'a pas encore digéré notre rencontre d'hier matin. Après, je peux la comprendre, je ne sais pas ce qu'il s'est passé lors de notre contact et cela m'a un peu effrayée, moi aussi. Nolan sort de la voiture en se tenant la tête, je m'approche de lui et demande ce qu'il se passe.

— Ton cousin m'a envoyé son sac au visage avec une tonne de livres dedans.
— Oh ! (j'explose de rire.) mon petit cœur a un bobo à la tête.
— Oui vas-y moque-toi, ils n'ont pas arrêté de me charrier tout le long du trajet. Par contre, ton cousin est amoureux d'une certaine demoiselle qui vous a fui comme si vous étiez le mal en personne ! ! On n'est pas censés être les

gentils ?

– C'est la fille dont je t'ai parlé hier soir, Ambre. Elle n'est pas humaine, j'en suis sûre, mais je n'arrive pas à déterminer qui elle est. Luna devait joindre le grand-père d'Ambre au téléphone ce matin, on en saura sûrement plus, bientôt.

Nous nous séparons tous pour rejoindre nos salles de cours. Nolan me serre fort dans ses bras, me lève le menton pour que nos regards se croisent et m'embrasse tendrement sur les lèvres. Je ne veux plus me détacher de lui, il m'a trop manqué. Malgré mon étreinte, il arrête son baiser, me chuchote à l'oreille quelques mots d'amour et part rejoindre Jordan. Il me laisse pantelante, au milieu de la place, seule. Je me secoue et cours vers ma salle avant que la porte ne se ferme.

– Mademoiselle Donovan, vous êtes en retard, veuillez vous asseoir à côté de mademoiselle Hunter.

– Oh, non, c'est pas possible.

– Un problème, mademoiselle Hunter ?

– Euh… Non tout va bien.

– Très bien, asseyez-vous que je puisse commencer mon cours. Je me présente, je suis Madame Hopkins Sabrina, votre professeur de biologie. Nous allons nous voir beaucoup ce semestre et pour tous les autres cours, et je voudrais que vous gardiez vos places. Je ne veux voir aucun changement sans mon consentement. Est-ce clair pour tout le monde ?

Plusieurs personnes répondent par un petit oui. Cette prof va nous en faire baver toute l'année. Ambre se tortille sur sa chaise, je la fixe et lui demande ce qu'il ne va pas. Elle me fait passer un morceau de papier et nos doigts se touchent. Une douleur vive à la tête me fait vaciller de ma chaise et je me retrouve les fesses à même le sol, les bras tenant celle-ci. La douleur s'est arrêtée quand le contact a été coupé. J'ai aperçu de la peur dans le regard d'Ambre. Elle ne réagit pas, jusqu'à ce que la prof m'aide à me redresser. Je ne sais pas ce qu'il vient de se passer mais cette douleur me rappelle la première fois que mon pouvoir s'est déclenché, au ranch. J'observe les étudiants de la classe mais aucune chaleur, ni aucune douleur ne réapparaît. J'observe la prof, toujours rien, juste ces fourmillements. Je me souviens de la présence de mon papier dans les mains, je l'ouvre discrètement et le lis :

Salut,

désolé pour tout à l'heure mais ta cousine me fait peur.

Il va falloir que l'on se parle car

depuis notre rencontre rien ne va chez moi.

Peut-on se voir pendant le déjeuner ?

Je tourne la tête dans sa direction et les fourmillements augmentent en intensité. Je vois dans son regard qu'elle ressent la même chose que moi. Ce n'est pas douloureux, c'est juste désagréable. Je lui dis un ok discret et elle me sourit timidement. Madame Hopkins nous interroge, mais nous sommes incapables de lui répondre, n'ayant pas écouté son monologue. Elle nous réprimande et nous nous mettons à suivre le cours qui fut très intéressant.

Chapitre 4

Ambre

J'ai beaucoup apprécié le cours de ce matin. Cette prof est assez sévère, mais elle sait de quoi elle parle. Par contre, j'ai trouvé dans sa façon de faire, avec moi, quelque chose d'anormal. En passant à côté de ma chaise, elle m'a caressé le bras. J'ai pris ce geste pour de la sympathie, mais vu la réaction qu'elle a eu avec Léa, c'était vraiment le contraire. Lorsqu'elle l'a aidée à se redresser, elle fut assez brusque et elle a manqué de la faire chavirer dans l'autre sens. Mais le pire fut la grimace qu'elle a abordé ensuite, une sorte de dégoût envers elle, alors qu'elle ne nous connaît pas encore. C'était assez déstabilisant. J'attends Léa sur l'herbe près d'une superbe fontaine qui brille de mille feux, avec le soleil. Trois petits anges, tout de blanc vêtus, écartent leurs bras et l'eau sort de leurs mains. Tout autour de celle-ci se trouve des gravures; je m'approche pour voir un peu mieux, certaines d'entre elles sont effacées. J'entrevois des enfants avec des cornes qui, eux, lancent des flammes. Je touche les gravures et ressens une chaleur irradier mes doigts. Je les retire et regarde, rien d'anormal. Je réessaye et je sens une main se poser sur mon épaule, je sursaute, me retourne et l'attrape. Qui a osé me toucher ?! Je fais chavirer la personne au sol et me retrouve sur elle en quelques secondes.

– Waouh ! Ambre, t'es trop forte.... Par contre, tu m'écrases un peu et en plus, tout le monde nous regarde.

Je m'excuse et me lève en lui tendant la main pour l'aider à se redresser. Léa se marre et me parle.

– Comment as-tu fait ? Tu fais des sports de combats ? Attends laisse-moi deviner..... Judo, non ! Je dirais plus karaté !
– Oui mais aussi du kung-fu. Excuse-moi, tu m'as surprise. Il se passe beaucoup d'événements que je n'arrive pas à comprendre ces derniers temps, du coup je suis un peu sur les nerfs.
– Ah, comme quoi ? Attends viens avec moi, nous allons nous installer dans un coin un peu plus tranquille. Et cette fontaine, je ne l'aime pas.
– Je la trouve jolie, juste un petit truc qui me chiffonne, pourquoi c'est toujours les démons les méchants ?
– Quoi ?
–Non, laisse tomber, vas-y, je te suis.

Elle m'emmène dans un parc, derrière le parking de l'école. Je ne l'ai jamais remarqué, après tout ce n'est que mon deuxième jour.

Nous arrivons près d'un banc en bois, elle me propose de m'asseoir, ce que je fais pendant qu'elle m'observe. Je ne comprends pas son regard incessant, pourquoi me fixe t-elle comme cela ? Elle sort son sandwich et croque un morceau tout en continuant de me regarder.

– Alors, qu'est-ce que tu voulais me dire ? Ça ne te déranges pas que je mange en même temps, il nous reste qu'une demi-heure avant de reprendre les cours.
– Non, vas-y, moi j'ai mangé. Je voulais te parler de ce qui s'est passé dans la voiture, hier. Tu dis que c'était une blague mais j'ai vu dans ton regard que tu avais ressenti la même chose que moi....
– Mais.....
– Laisse-moi finir, s'il te plaît, sinon je risque de ne plus avoir le courage de te dire ce que j'en pense. Quand je suis rentrée chez-moi, hier soir, j'ai eu un autre malaise et le médecin est venu m'ausculter, mais je n'étais pas consciente. Mais ce qui est étrange, c'est que je pouvais les entendre. Ils parlaient de pouvoirs endormis par mon traitement pour les migraines que je prends tous les jours. Ensuite, j'ai senti une piqûre et plus rien, le trou noir. Je pensais que c'était un rêve mais ce matin, mon grand-père était bizarre, il n'arrêtait pas de me demander si j'avais pris mon cachet, si j'allais bien. Du coup, je lui ai dit que oui mais ça fait quinze jours que je ne le prends plus. Je n'ai plus de migraines donc ce n'est plus nécessaire, mais vu ses agissements du moment, je ne lui ai rien dit.

Je lève le regard vers elle et me rends compte qu'elle ne me regarde pas avec horreur, bien au contraire. Elle a l'air subjuguée par ce que je lui raconte. Elle me fait signe de continuer.

– Je ne sais pas pourquoi, mais j'ai confiance en toi. Je me sens bien à tes côtés, à part les fourmillements, qui sont désagréables et qui m'ont beaucoup effrayé la première fois, et encore plus ce matin quand tu t'es retrouvée par terre. On peut réessayer ?
– Les fourmillements, tu les a ressentis ? Oh mon dieu, mais qui es-tu ? Attends laisse-moi cinq minutes remettre les infos dans l'ordre.

Elle ne bouge plus, ne parle plus et me regarde. Elle approche sa main de la mienne et me touche le bout du doigt. Une petite châtaigne se fait sentir et elle se roule au sol de nouveau en se tenant la tête. Je me précipite à ses côtés en évitant de la toucher et entrevois une chose immonde s'approcher de nous. Un vers géant arrive assez rapidement, il a un faciès avec au moins cinq paires d'yeux mais le plus impressionnant c'est sa bouche immense avec des centaines de dents. Je me mets à crier et Léa regarde derrière elle. La chose est presque sur nous. Léa sort un téléphone de son sac qu'elle me tend et me demande de faire le premier numéro qui s'affiche. J'acquiesce et j'entends une femme parler, elle me demande mon matricule mais je suis incapable de lui répondre.

Léa saute sur la bête gluante, elle n'a aucune arme mais frappe comme elle peut. Je ne sais pas quoi faire, ni quoi dire et elle me crie des chiffres que je répète à la femme qui répond qu'une équipe arrive.

Je raccroche et cherche de quoi tuer cette chose. Une grosse branche se trouve sur ma gauche, j'essaie de frapper la bestiole sur l'arrière mais elle m'éjecte avec sa grosse queue, que je n'avais pas repérée jusqu'à présent. Je me cogne la tête contre le tronc de l'arbre et perd connaissance. Quand je ré ouvre les yeux et j'ai envie de bouger mais rien ne se passe, mon corps ne m'écoute pas. Léa combat toujours la bestiole qui s'approche très près de moi, à certains moments. Mes jambes réagissent enfin et je peux me relever doucement. Je sens un liquide couler de ma tête, je passe la main et vois du sang ; la bête me fixe de tous ses yeux et renifle. Elle grogne et projette Léa à mes côtés. Elle s'approche de moi, sors une langue énorme vers mon front et me lèche le visage. Léa repousse celle-ci tandis que moi je suis incapable de faire le moindre geste. La bête se met à parler un dialecte que je ne comprends pas au début mais qui devient compréhensible les secondes suivantes. Elle me salue et est ravie de me rencontrer. Mais c'est quoi ce bordel ? Léa se positionne devant moi, récupère un objet pointu dans son sac et lui jette dans la bouche. Elle me plaque au sol et un bruit strident se fait entendre.

La chose explose et nous nous retrouvons aspergées par un liquide verdâtre et visqueux. Je me nettoie comme je peux quand j'aperçois Jordan courir dans notre direction avec Chloé et les trois garçons de ce matin.

Léa me regarde gênée et me parle :

– Je suis désolée, Ambre. Bienvenue dans mon monde, je ne pensais pas que l'on serait attaquées le second jour de la rentrée, et normalement ils évitent de m'attaquer en plein jour.

– Ton monde ? De quoi, tu me parles, c'était quoi cette chose horrible et comment tu as fait pour le faire exploser ?

Elle n'a pas le temps de me répondre que l'équipe au grand complet se retrouve devant moi. Jordan me cale contre son torse et me nettoie, de sa main libre, les cheveux. Je ne réagis pas, je suis en état de choc. Je me sens partir dans les ténèbres.

<u>Léa</u>

Jordan porte Ambre jusqu'à la voiture, elle a perdu connaissance après l'attaque du vérasiopore. Elle doit être en état de choc. Jordan l'examine, elle va bien. Pourtant, elle a été blessée à la tête, je vérifie moi-même. Rien, pas une seule égratignure, c'est assez troublant. Je regarde ses mains, elles ont du sang séché, mais d'où provient-il ?

– Es-tu certaine qu'elle a été blessée, car je ne vois rien !

– Oui, elle saignait au niveau du front, elle a cogné sa tête contre le gros tronc d'arbre et vu le bruit que j'ai entendu, elle devrait avoir au moins une égratignure. Regarde ses mains sont pleines de sang ! Je sais ce que j'ai vu ! Le ver lui a léché le visage et c'est adressé à elle comme si elle pouvait le comprendre. J'en ai profité pour lui jeter une bombe remplie de venin.
– Oui, maman, je mets le haut-parleur.

Chloé, qui était en ligne avec sa mère rapproche le téléphone et actionne le haut-parleur.

– *Vous la mettez dans votre voiture et vous rentrez tous à la maison, il va falloir qu'on parle à son grand-père. Allez, bougez-vous avant que d'autres démons n'arrivent.*

Chloé raccroche et nous prenons place dans les voitures.

Le trajet fut assez rapide mais j'étais inquiète pour Ambre qui n'avait toujours pas repris connaissance. Est-ce qu'elle a des blessures internes que nous n'avons pas repéré ? Peut-être un gros traumatisme crânien ? Je regarde dans le rétroviseur et Jordan la serre contre lui. Il est si malheureux alors qu'il ne la connais que depuis deux jours. J'espère que tout ira bien pour elle, sinon il risque de ne pas tenir le choc. Trouver son âme-sœur est le plus beau cadeau que la vie peut nous faire, toutefois, il y a un gros inconvénient, la mort de celui-ci provoque la mort de l'autre. Celui qui survit meurt dans d'atroces souffrances. Je me gare devant l'entrée de la maison, ma tante Léana accompagnée de Juliette, notre médecin, accourent. Jordan ouvre la portière avec son pied et sort Ambre. Ils partent en direction du petit cabinet médical pour pouvoir l'examiner.

Mon père sort en trombe et nous demande de le suivre à l'arsenal. Il nous ordonne de prendre chacun une arme car le danger est encore présent. Je ne comprends pas ce qu'il se passe, normalement la maison est protégée contre les démons ?! Je le regarde, septique, et entends plusieurs crissements de pneus dans la cour, des bruits de portières qui claquent et un homme qui hurle comme un putois. Nous sortons de la maison et une vingtaine d'hommes armés jusqu'aux dents nous font face. L'un d'entre eux s'approche, je le reconnais. C'est le grand-père d'Ambre.

– Je ne pensais pas vous revoir un jour. Traître.
– Monsieur Hunter, dites à vos hommes de baisser leurs armes, vous savez que vous n'avez aucune chance contre nous !
– Détrompez-vous, monsieur Donovan ou plutôt Farmer ! Je vous surveille et le monde change, vous devenez plus faibles et nous plus forts.

Il se met à rire, d'un rire démoniaque. Je touche le bras de mon père pour atténuer sa colère, mais rien n'y fait.

– Première avertissement Hunter, sors de ma propriété sinon....

– Sinon quoi ? ! ! Donne-moi ce que je suis venu chercher, et je m'en irais ! !

– Je n'ai rien qui ne t'appartienne donc deuxième avertissement, montez dans vos voitures et partez.

Ma tante Luna apparaît devant lui avec un sabre qu'elle place sous sa gorge. Je ne l'ai pas vue arriver, il ne rigole plus et demande à ses hommes de remonter dans leur voiture. Elle lui chuchote à l'oreille quelque chose, que même avec mon ouïe sur développée, je n'entends pas. Je perçois de la peur dans son regard. Elle le laisse partir, se retourne en fixant mon père d'un regard colérique et franchit la porte du cabinet. Je ne sais pas quelle est l'histoire entre monsieur Hunter et mon père, mais il va falloir que je fasse mon enquête.

Une fois toutes les voitures parties, nous rangeons les armes. Mon père et ma tante Léana partent dans la cuisine préparer le repas de ce soir. Je me précipite dans les bras de Nolan et l'embrasse doucement. Il me serre fort contre lui quand Jordan nous interrompe.

– Ambre est réveillée et elle ne veut parler qu'à toi, Léa. Elle a peur de moi, je ne sais pas ce que je lui ai fait. Dis lui que je pense très fort à elle, s'il te plaît.

– Ne t'inquiète pas, je vais le lui dire.

J'essaie de le rassurer, car je ne l'ai jamais vu dans cet état. Mon cousin a peur de la perdre mais surtout, il a peur pour sa vie, il sait qu'il n'y survivra pas, et sa meute non plus.

Je me dirige vers le cabinet quand une explosion provenant de celui-ci me propulse dans les airs. Ma tête percute le sol dur, j'ai mal mais j'essaie de voir ce qu'il se passe autour de moi. J'entends des cris, je regarde mais c'est difficile de garder les yeux ouverts. Je perçois une ombre venir dans ma direction, je lève les yeux et vois Nolan qui se baisse avant de perdre connaissance.

Chapitre 5

Ambre

J'entends des personnes qui s'activent autour de moi. J'ouvre les yeux et une femme me sourit. Elle est brune, aux yeux marrons, la quarantaine mais ce qui est troublant chez elle, c'est son teint livide. Elle a l'air très gentille, mais je me méfie, je ne la connais pas. Je baisse les yeux et je suis en chemise d'hôpital.

— Je suis où ? Et vous êtes qui ?
— Je suis le docteur Finn, mais vous pouvez m'appeler Juliette.

Elle me fait un clin d'œil et laisse la place à une autre femme, elle me rappelle vaguement quelqu'un.

— Bonjour, Ambre, je suis Luna, la maman de Jordan. Comment te sens-tu ?
— Ça va, mais qu'est-ce que je fais là ? Je suis à l'hôpital ?
— Non, tu es dans un cabinet médical, tu as eu un malaise. C'est Léa et Jordan qui t'ont amené ici mais ne t'inquiète

pas, Juliette est un très bon médecin, c'est elle qui va s'occuper de toi.

Elle me sourit et me caresse le bras. Des picotements apparaissent au même moment. Ce n'est pas douloureux mais très désagréable. Elle me fixe et se retourne vers Juliette pour lui parler. Elle parle dans un langage que je ne comprends pas. Cela a le don de m'agacer lorsque l'on veut me cacher des renseignements, surtout quand il s'agit de ma santé. Je l'interpelle et lui demande de voir Léa et uniquement elle. Elle se tourne vers un jeune homme, très grand et assez costaud, vêtu de blanc, je suppose que c'est un infirmier. Elle lui demande d'aller chercher Léa. Luna et Juliette continuent de parler. Le ton monte et mon médecin quitte la pièce. Mince c'était la plus sympa. Je touche la main de Luna et elle grimace. Elle doit ressentir ce que je ressens.

– De quoi parliez-vous ? Et pourquoi est-elle partie ?

Elle me regarde méchamment et hausse la voix :

– Qui es-tu ? Tu as su mettre mon fils, ma nièce et la moitié des membres de cette famille dans ta poche mais moi je suis plus dure à duper ! ! !
– Qui suis-je ? vous vous foutez de moi, c'est une blague ?! Une caméra cachée ! Je suis complètement perdue, là. Vous en savez plus sur mon compte que moi ?! Alors c'est à vous de me répondre, mais la question que

moi je vous pose c'est pas qui suis-je mais qu'est-ce que je suis ?

J'entends mon grand-père crier à l'extérieur, j'essaie de me relever mais je suis attachée au niveau des quatre membres. Je lève les yeux vers Luna qui me répond que c'est pour ma protection, mais surtout la leur. Comme si je pouvais leur faire du mal, sérieusement. Elle quitte la pièce et Juliette prend le relais.

– Ambre , nous ne savons pas qui tu es et il faut que l'on prenne des précautions, c'est pour cela que nous t'avons attachée mais ne t'inquiètes pas, les résultats de ta prise de sang ne vont pas tarder à arriver et nous en saurons plus sur tes origines.
– Ma prise de sang ? Pourquoi ? JE NE SUIS PAS MALADE ? ! C'est vous qu'il faut interner, vous êtes complètement tarés, détachez-moi !

Je me mets à pleurer et essaie de crier pour indiquer à mon grand-père ma présence dans ses lieux, mais Juliette me coupe dans mon élan en mettant sa main devant ma bouche. Le son qui s'en échappe est minime donc je décide de me taire. Juliette me parle d'une voix chevrotante, j'ai l'impression que je l'effraie.

– Calme-toi, Ambre, ton cœur s'accélère un peu trop, tu es à deux cent pulsations par minute, c'est beaucoup trop. Essaie de respirer tranquillement.

J'entends le scope qui bipe très vite et mon corps se met à chauffer. Juliette me prend la température, j'ai quarante et un degré, c'est énorme. C'est une sensation horrible, j'ai l'impression de brûler de l'intérieur.

La médecin se met à paniquer et crie à tout le personnel de se mettre à l'abri. Je regarde mes poignets, attachés quelques minutes auparavant, détachés maintenant. Les lanières ont brûlées et mes mains sont dégagées. J'ouvre les paumes et des boules de feu en sortent, pour exploser contre le mur en face de moi. Je me couvre le visage et tout s'arrête. Je garde mes paumes fermées pour éviter que cela recommence. Une fumée s'échappe de toute part, comment j'ai pu faire une chose pareille ? Qui suis-je ? Je me met en boule, pleure de tout mon soûl. Je ne comprends pas ce qu'il vient de se passer. Entre le monstre de tout à l'heure et cette explosion, je dois être dans un cauchemar. Ce n'est pas réel et je vais me réveiller dans mon lit, chez moi. Je serre plus fort les paupières en priant, mais depuis quand, je prie moi ! ! ! Je sens quelqu'un s'approcher de moi et me toucher le bras. Mon corps n'a pas baissé en température et j'entends cette personne s'en plaindre. Elle vient de se brûler, mais insiste pour me sortir de ma léthargie.

– Calme-toi, Ambre, tu ne crains rien, ici.

J'ouvre les yeux, le fixe et sens mon corps refroidir. La vague de chaleur disparaît comme elle est apparue. Jordan se tient à mes côtés et toute mon angoisse se volatilise. Il a un effet positif sur moi, c'est assez étrange. Je sens des larmes couler le long de mes joues. Je le questionne.

– Où est Léa, et qu'est-ce qu'il m'est arrivé ? Jordan, je ne comprends pas ce qu'il se passe ? Qui suis-je vraiment ?
– Ne t'inquiète pas, on va tout t'expliquer.

Luna s'approche avec un air de reproche dans le regard, elle est en colère contre moi.

– Je suis désolée pour votre mur... J'espère que je n'ai blessé personne ?

Personne ne me répond, Juliette redresse le matériel tombé au sol et me rebranche les électrodes car les anciennes ont fondu sous ma chemise, qui elle aussi a brûlé. Elle me couvre avec un drap et j'entends du mouvement dans la pièce d'à côté. J'aperçois Chloé qui me jette un regard furieux. Juliette voit mon désarroi et me rassure.

– Ne t'en fait pas, Ambre, tu n'y es pour rien. Si ton grand-père t'avais expliqué qui tu es, on n'en serait pas là, aujourd'hui. Léa a été blessée à la tête, on s'occupe d'elle dans la pièce d'à côté...

– Quoi ? J'ai blessé Léa. Laissez-moi aller la voir, s'il vous plaît? C'est la seule personne en qui j'aie confiance, qui me rassure, et je lui fais du mal.

Je me remets à pleurer et essaie de m'extraire de ce lit pour la rejoindre. Jordan est toujours avec moi, il me prend dans ses bras pour m'empêcher de me lever.
Il s'approche de mon visage et m'embrasse tendrement le front. Je reste stoïque, n'ose plus bouger. Je sens une bulle de sérénité et d'amour qui nous entoure. C'est incroyable les sensations que je perçois en sa présence. Je lève mon regard vers son visage, il me sourit, d'un sourire sincère et plein d'amour. Comment est-ce possible, en si peu de temps ? Nous nous connaissons depuis seulement deux jours et j'ai l'impression de le connaître depuis toujours. Il baisse le regard, m'observe et son visage devient tout rouge. Je suis son regard, posé sur mon corps nu. Quoi ! ! ! Je suis nue, devant un garçon que je connais depuis deux jours ! ! ! Je m'écarte de lui et attrape le drap blanc sur le lit pour couvrir mon corps. Je relève la tête et aperçois son sourire en coin. Il se reprend et me parle de Léa.

– Elle va bien, ne t'angoisse pas. Elle a perdu connaissance quelques secondes mais maintenant, elle va mieux. Elle s'inquiète plus pour toi et veut venir ici, mais pas avant de passer son scanner pour confirmer que tout est ok.

Je suis soulagée de n'avoir blessé qu'une seule personne et que celle-ci se porte bien. Je m'allonge sur le lit et prend la main de Jordan dans la mienne. Je me sens très fatiguée d'un coup et me sens partir dans les bras de Morphée.

Léa

J'ouvre les yeux et entrevois ma tante ainsi que Juliette qui s'affolent autour de moi. Que s'est-il passé ? J'espère que tout le monde va bien. Je me souviens d'une explosion qui a détruit le mur principal du cabinet médical. Pour le peu que j'ai vu, l'explosion venait de l'intérieur. Mais ce n'est pas possible, à moins que...

– Comment va Ambre ? Qu'est-ce qui est arrivé, ici ?

Je tourne la tête en direction de la seconde chambre et il n'y a plus de mur en face du lit. Ambre est allongée sur le lit, elle dort pendant que Jordan lui caresse les cheveux. Ma tante Luna m'interpelle avec un grognement.

– Il fallait que ce soit son âme-sœur, sinon l'histoire aurait été trop facile, et dans la famille on ne fait jamais rien de simple.

Elle s'aperçoit que je l'observe et se sent gênée.

– De quoi tu parles ? Tu sais très bien que l'on ne choisit pas notre âme-sœur, tata ! Qu'est-ce qu'elle t'a fait pour que tu lui en veuilles autant, je ne comprends pas ! Depuis que nous l'avons emmenée ici, tu es de mauvaise humeur. Tu la connais, elle ou sa famille, et tu ne nous a rien dit....

Juliette interrompt notre conversation et me brancarde jusqu'au scanner. Je l'interroge sur l'explosion mais elle ne me dit rien de plus que je ne sache déjà. Qu'est-ce qu'ils nous cachent ? Il va falloir qu'ils parlent car l'attaque du démon de tout à l'heure ne m'était pas destinée. Il voulait faire passer un message à Ambre, ce qui confirme bien mes soupçons sur sa nature. Elle n'est pas humaine, ou du moins pas complètement.

– Ne bouge pas Léa, sinon les images vont être floues.
– Oh, excuse-moi, Juliette. C'est bon, j'arrête de bouger.

L'examen se passe très bien, j'ai une belle bosse mais rien de grave. Je m'assieds au bord du lit et demande l'autorisation d'aller voir Ambre dans sa chambre. Juliette m'indique qu'elle dort pour le moment et qu'il faut éviter de la surprendre à son réveil si nous ne voulons pas d'une autre explosion. Luna fait les cent pas devant sa chambre, son comportement est intriguant car elle ne se met jamais dans cet état. Il faut que je l'interroge avant d'aller voir Ambre. Elle sent mon regard sur elle et entre, s'approche de moi et dégage une mèche rebelle de mon visage.

– Comment te sens-tu, ma puce ? As-tu mal à la tête ? Ton père va venir te voir d'ici un petit moment, il met en place des rondes pour éviter aux humains d'entrer sur notre territoire.

– Cette journée a été très étrange, tante Luna. Il va falloir nous dire la vérité, à tous, même à Ambre car elle n'est pas humaine, n'est-ce pas ?

Ma tante se retourne et commence à quitter la chambre, je l'interpelle avant qu'elle ne soit trop loin.

– Tante Luna, tu n'es pas obligée de me répondre de suite mais quand toutes les personnes concernées seront réveillées, vous devrez dire tout ce que vous savez sur cette histoire.

Elle me fixe de nouveau et me répond.

– Quand le moment sera venu, vous saurez tout. En attendant, profite de ta visite car ton chéri est derrière la porte depuis un bon moment.

Nolan entre en courant et se précipite à mes côtés. Il m'embrasse de partout en s'excusant de ne pas avoir été là pour me protéger. Je lui prends le visage entre mes mains et lui relève la tête pour que nos regards se croisent.

– Tu n'y es pour rien, c'est fini, juste un peu de glace sur ma bosse, du repos et tout redeviendra comme avant.

– J'ai eu si peur pour toi ! Et ta tante qui ne voulait pas me laisser entrer tant que les lieux n'étaient pas sécurisés. Je t'aime trop. Je viens de te retrouver ; ce n'est pas pour te perdre maintenant.

– Tu sais, qu'en tant que fermière, je risque ma vie tous les jours. Il faut que tu t'y fasses sinon tu ne pourras pas rester ici, car tu risquerais de nous mettre en danger tous les deux. Je ressens ta peur depuis un grand moment, je perçois toutes tes émotions. Depuis que tu es revenu dans ma vie, le phénomène a pris une telle ampleur. Donc il va falloir que tu gères un peu mieux tes émotions, mais ne te fais pas de soucis, mon père va te l'apprendre.

– Oui, je m'en suis rendu compte. Ta tante sera la plus apte à m'expliquer ce phénomène, car c'est elle qui t'a guidé dans ton apprentissage sur les avantages et les inconvénients des âme-sœur.

– Oui, tu as raison. Allez viens te poser sur le lit à mes côtés.

Je me décale pour lui laisser la moitié du lit, il me tend les bras et je m'y blottis avant de sombrer dans un sommeil profond.

<u>Chapitre 6</u>

<u>Luna</u>

Je quitte la clinique pour me diriger vers le domaine, mon frère m'attend devant la grande porte en haut des marches en marbre. Je ne le regarde pas et je passe l'entrée en le bousculant un peu. Il me fait dévier de ma trajectoire en me retenant par le bras.

– Il faut que l'on parle, Luna. La situation est grave et les enfants ont le droit de savoir ce qu'il se passe.

Il regarde autour de lui et se rend compte que beaucoup d'oreilles nous écoutent. Il me demande de le suivre jusqu'à mon bureau insonorisé, même pour les métamorphes à l'ouïe très développée. Je referme à clé derrière lui pour ne pas être dérangés et me retourne pour lui faire face. Il me fixe et je peux ressentir toute la crainte qui se dégage de son regard.

– Quoi ? Tu veux que je te dise quoi !? Je ne pensais pas que cette histoire reviendrait nous hanter. J'étais jeune, j'ai eu confiance en ce monstre et j'ai eu tort. Tu crois que je ne m'en veux pas assez d'avoir agis de la sorte !

– Si, je sais bien, surtout que nous avons perdu beaucoup de monde de notre famille lors de cette cérémonie.

– Papa et ta femme sont morts ce jour-là....

Des larmes se mettent à couler le long de mes joues, mon frère s'approche de moi et me serre contre son torse. Je me laisse aller et pleure toutes les larmes que j'ai refoulé durant ces dernières années. Nous n'en n'avons jamais parlé, il s'est enfui avec son bébé de trois mois juste après ce cauchemar.

– Luna, ça va être difficile pour nous deux, mais il faut qu'ils sachent ce qu'il s'est passé la veille de la naissance d'Ambre. Moi aussi je pensais qu'elles étaient mortes toutes les deux, mais il nous a menti du début à la fin. Ce soir, réunion dans la salle de conférence avec tous les membres de l'organisation présents au domaine.

Il m'embrasse sur le front et me libère, j'ouvre la porte et pars prévenir tout le monde dans le manoir. Juste après, je vais retrouver mon fils et Ambre à la clinique. Je toque pour avertir de mon arrivée. Jordan est allongé à côté d'Ambre. Il lève son regard dans ma direction et me montre son mécontentement. Je sais, je n'ai pas assuré sur ce coup-là, mais en attendant c'est trop tard, ce qui est fait est fait. Je m'approche d'Ambre, observe ses constantes qui sont bonnes et lui touche le poignet pour lui prendre le pouls. De nouveau ces fourmillements, elle ouvre les yeux et me dit de m'en aller, qu'elle ne veut rien avoir à faire avec moi.

– Ambre, il faut que je te parle, c'est important.
– Maman, laisse-la tranquille, tu ne lui a pas fait assez de mal comme ça ?
– Jordan, peux-tu sortir, s'il te plaît ? Va aider ton oncle à préparer la réunion de ce soir au manoir. Il faut que je parle à Ambre avant ce soir.
– Ok, mais ne lui fais aucun mal, sinon tu n'auras plus de fils.
– Ne t'inquiètes pas pour ça, allez va, ton oncle t'attend.

Je lui souris, il embrasse Ambre en la rassurant et me sourit avant de partir. Je ferme la porte pour ne pas que l'on nous dérange, je sens qu'Ambre se fige dans mon dos.

– Je ne te veux aucun mal, Ambre, ne te fais pas de soucis. Je voulais te parler de tes parents. Est-ce que ton grand-père t'a parlé d'eux ?
– Vous connaissiez mes parents ?
– Pas personnellement. Mais j'ai croisé leur route il y a dix huit ans, lors d'une attaque de démon. Ce soir, nous allons discuter sur ce sujet mais je voulais te voir pour t'expliquer qui étaient tes parents, et je pense que ton grand-père ne t'a pas raconté la vérité sur eux.

Elle me fixe avec étonnement mais ne m'interrompt pas, sûrement par peur que je m'arrête de lui expliquer ce qu'il est arrivé.

– Tout d'abord, nous sommes une communauté où vivent des métamorphes, des sorciers mais aussi des démons qui se sont ralliés à notre cause, celle de protéger les humains, coûte que coûte, contre les personnes du monde surnaturel qui leurs veulent du mal. Nous sommes l'organisation de l'ombre. Nous renvoyons les démons en enfer et les sorciers et métamorphes, nous les enfermons dans une prison spécialisée. Ton grand-père est un chasseur de démon, cependant, il ne fait aucune différence entre ceux qui se sont intégrés dans notre société et les autres. Il les tue tous....

— Vous vous foutez de moi ! ! ! Mon grand-père est un chasseur de démon, et puis quoi encore ?! Il est patron d'une boîte de garde du corps.

— Ambre, s'il te plaît, laisse-moi parler sinon je serais incapable de tout te dire.

— ...

— Il y a dix-huit ans, ton grand-père a contacté l'organisation pour nous prévenir qu'un rassemblement de démons avait lieu dans un château au nord de Boston, dans un petit village isolé. Nous lui avons fait confiance étant donné qu'il travaillait depuis longtemps avec mon père sur de nombreuses missions. J'y suis allée avec mon père, mon frère et sa femme, ainsi que mon meilleur ami Link, beaucoup de soldats métamorphes et sorciers entraînés aux combats. Arrivés sur place, des humains étaient pris d'assaut par des démons. Nous les avons combattus, ainsi que tous ceux qui s'en prenaient à nous, sans savoir ce qu'il se passait réellement.

Je fait une pause, souffle un bon coup et reprends :

– Lorsque tous les démons furent tués ou capturés pour être envoyés en enfer, nous avons évalué la situation. Ce jour-là, j'ai perdu mon père, ma belle-sœur et mon meilleur ami Link, qui ont tous trois été tués par des démons.

Des larmes coulent sans que je ne m'en rende compte. Ambre m'essuie les joues avec la paume de ses mains. Je lève le regard sur elle et elle me fait signe de continuer.

– C'est ce que l'on pensait jusqu'à ce que l'autopsie nous révèle que c'était l'un des sbires de ton grand-père qui les avaient tous tués. Les chasseurs ont leurs propres armes, qui laissent certaines traces qu'on peut facilement reconnaître. Cet humain devait être un novice et nous l'avons retrouvé, mort lui aussi, tué par un démon. Quand j'ai retrouvé ton grand-père, il était au-dessus du corps d'une jeune femme en robe de mariée, enceinte d'au moins huit mois, présumée morte, selon ses dires. Je lui ai demandé ce qu'il s'était passé. Il m'a répondu que c'était sa fille, qu'elle avait trébuché et dévalé toute la colline. J'ai réitéré ma question en ajoutant "au château". Il m'a dit que c'était le mariage de sa princesse et qu'ils avaient été attaqués par des démons et des sorciers. Je ne comprenais plus rien à son histoire, car il nous avait prévenu des heures auparavant que des démons s'étaient regroupés dans ce domaine. Il nous a piégé, Ambre, une cinquantaine d'humains furent tués ce jour-là, dans les deux camps. Il m'a fait envoyer une centaine de démons en enfer alors qu'il avait signé un traité de paix, que nous avons retrouvé dans des archives par la suite. Ton grand-père a été arrêté pour ce génocide, mais nous n'avons pas pu retenir de preuve contre lui.

– Oh, ce n'est pas possible....

– ... Si, ton grand-père a signé toutes les interventions avec le nom du jeune homme qui a tué ma famille. Un mort ne peut parler. Je ne l'avais pas revu depuis ce jour immonde.

– Mais si ma mère est morte, comment se fait-il.....

– Ton grand-père a dû faire accoucher ta mère. Il a bien caché ta naissance car nous surveillons la plupart de ces déplacements.

– J'ai vécu jusqu'à mes dix-huit ans en France, d'abord en famille d'accueil, puis en internat. Mon grand-père venait souvent me voir.

– Je comprends mieux tous ses voyages en direction de la France...

– ...Et mon père ?

– Ton père est un démon...

– Un démon... Mon grand-père m'a dit qu'il était parti quand ma mère lui avait annoncé sa grossesse.

– Non, ton grand-père t'a menti, Ambre. Il a menti à tout le monde et a tué sa propre fille, ta mère. Ton père.... Je l'ai envoyé en enfer. Je suis désolée, je ne savais pas.

– Arrêtez Luna, le seul fautif c'est mon grand-père. Il a trahi sa famille en tuant sa propre fille. C'est un monstre, si je le vois je vais lui faire payer toutes ces années de mensonge.

Le bip du scope se met à accélérer, je me redresse et enlève ma main de son poignet qui est brûlant.

– Ambre, regarde-moi, s'il te plaît. Ambre....

Elle se lève du lit et me contourne, je la suis et l'empêche de sortir. Elle se rend compte de ma présence à sa droite et me pousse doucement.

– Ecartez-vous de moi, je ne voudrais pas vous blesser. Il faut que j'aille voir mon grand-père.

Je ne bouge pas et me rend compte de son agacement. Son corps est devenu noir, un voile collé à sa peau cache ses parties intimes comme un vêtement. Elle rugit de frustrations mais ne m'a pas encore attaquée. Je lui demande de reculer et de s'allonger sur son lit, alors, elle me rentre dedans pour me montrer son mécontentement.

– Dernier avertissement, enlevez-vous de mon chemin où je risque de vous faire du mal ! ! !

Elle recule pour prendre de la vitesse et court dans ma direction, je n'ai pas le temps de faire une incantation donc je me prépare à encaisser le choc. Je suis à deux doigts de me métamorphoser en puma, mais je me concentre pour éviter de l'effrayer. Je protège mon visage avec mes avant-bras car des flammes jaillissent de la paume de ses mains et j'attends l'inévitable, mais rien ne vient. J'ouvre les yeux et vois mon fils devant moi en train de la raisonner.

Comment se fait-il que je ne l'ai pas entendu arriver ? Il n'a pas pu se matérialiser devant moi, il n'a pas ce pouvoir, à ma connaissance. Ambre a retrouvé ses esprits et s'excuse.

– Je suis désolée, Luna, je ne sais pas ce qu'il m'a pris. Toutes ces informations m'ont fait perdre la raison. Je suis vraiment désolée si je vous ai fait mal.
– C'est bon, Ambre, ce n'est qu'une petite brûlure. Regarde, il n'y a déjà plus rien.

Je lui montre ma main et elle voit que la brûlure s'est estompée. Elle me fait un sourire timide et s'allonge sur le lit, accompagnée par Jordan. Je le fixe avec étonnement et l'interroge.

– Jordan, tu m'expliques ce que tu fais là ?
– Je ne sais pas ce qu'il s'est passé. J'étais avec oncle Enzo quand j'ai ressenti une douleur atroce à la poitrine. Je me suis accroupi au sol et ensuite je me suis retrouvé ici, devant Ambre. Je n'ai pas le pouvoir de téléportation donc je suis autant étonné que toi.

Il me fixe avec des gros yeux, je m'approche d'Ambre et la questionne.

– Ambre, as-tu pensé à Jordan juste avant de m'attaquer ?

– Oui, j'ai vu ses yeux dans votre regard et j'ai voulu qu'il soit là avec moi pour m'aider à me calmer. Vous pensez que c'est moi qui l'ait fait venir ici ? Oh, je ne me sens pas très bien, j'ai envie....

Ambre commence à frissonner, son corps se raidit et ses yeux sont blancs, révulsés. Je lui branche les électrodes et son cœur tape à deux cent. Je demande à Jordan de s'écarter, mais il ne veut pas lui lâcher la main. Il lui murmure des mots doux pour l'apaiser mais rien n'y fait, son cœur palpite de plus en plus vite. Une voix s'échappe de ses lèvres, très faible au départ, puis qui s'intensifie au fur et à mesure que des mots en sortent. Elle se met à crier très fort dans notre direction.

– Je vais venir vous retrouver et me venger, vous allez tous brûler en enfer......
– Maman, c'est quoi ce bordel, on se croirait dans l'exorciste. Je ne savais pas que les démons pouvaient parler à travers nous comme ça ! Maman.... répond-moi.

Mon fils a lâché Ambre et me secoue pour que je reprenne connaissance. Je secoue la tête et lui fais signe que tout va bien.

– Qu'est-ce qu'il se passe, je ne t'ai jamais vu dans cet état. Tu me fais vraiment peur, maman. J'ai l'impression que la situation t'échappe, donne moi ton téléphone, j'appelle papa pour qu'il nous rejoigne.

– Non, c'est bon, ça va. C'est juste que cette voix, je la connais, c'est son père. Il s'est échappé et il vient à notre rencontre. Il faut se préparer au pire, entre le grand-père qu'on a pu éloigner, mais seulement pour un petit moment, et son père qui arrive, on va avoir du boulot. Reste avec elle, tu es le seul à pouvoir la protéger et s'il y a le moindre souci, tu appuies sur le bouton d'alarme, d'accord ? Nous sommes en alerte rouge donc fais attention. Je reviens après la réunion.

Je lui embrasse le front et quitte la clinique.

Je me dirige vers la salle de conférence et dans les couloirs, je croise Léa et Chloé qui sont paniquées.

– Allez les filles, ne tardons pas, la réunion va commencer.

Elles font comme si elles ne m'avaient pas vu et continuent leur recherche. J'attrape le bras de Léa avant qu'elle ne s'échappe.

– Qu'est-ce qu'il se passe, encore ?
– Euh...., on arrive mais Chloé a perdu sa boucle d'oreille donc on la cherche et on te rejoint ensuite.

Elles me sourient, toutes les deux, mais je vois bien qu'il y a un problème plus grave.

– Bon les filles, dites-moi ce qu'il se passe ! ! !

– Tante Luna, ne t'inquiète pas, ok … Je sens sa présence et il va bien, ok …

– Oui, accélère Léa, on n'a pas toute la soirée.

Je vois Chloé qui gigote derrière Léa et elle se met à crier.

– Jordan n'est plus là, il se tenait la poitrine et a disparu comme par enchantement. Léa dit qu'il n'est pas loin mais cela fait une bonne demi-heure qu'on le cherche et on ne l'a toujours pas retrouvé. On est désolées tante Luna.

– Les filles, ne vous inquiétez pas, il est à la clinique avec Ambre. Si vous pouvez dire à Joe et Simon d'aller se poster devant les portes, je serais plus rassurée. Ensuite rejoignez-moi à la salle de conférence. Je veux que vous soyez tous là, c'est important.

Elles me font signe de la tête qu'elles ont bien compris et partent chercher les deux gardes. Je souffle un bon coup et passe la porte, un sourire forcé sur les lèvres. J'ai vraiment besoin de repos et de calme pour me ressourcer.

Chapitre 7

Enzo

J'observe toutes les personnes installées dans la salle, il manque Léa et Chloé, ainsi que ma sœur Luna. J'attends encore un peu avant de commencer la réunion, elles ne vont pas tarder, je les sens, elles ne sont pas loin. La porte s'ouvre, Luna entre avec un sourire figé sur les lèvres. Elle ne va pas bien depuis la rencontre avec le grand-père d'Ambre. Cependant, il va falloir être forts pour pouvoir les combattre. Elle monte sur l'estrade et fait un signe aux personnes présentes. Je l'interpelle télépathiquement.

« *Comment tu te sens ?* »
« *Ça va, ne te fais pas de soucis pour moi. Je viens de croiser Léa et Chloé, elles arrivent et ensuite on pourra commencer.* »
« *Et Jordan et Ambre ?* »
« *J'ai parlé avec Ambre, je lui ai raconté le plus gros de l'histoire et Jordan reste auprès d'elle pour éviter qu'il y ait des problèmes. Je lui expliquerai la situation plus tard. Il en connaît déjà certains passages, il fera vite le* »

rapprochement quand je lui raconterai la suite. »

La porte grince, Léa et Chloé entrent discrètement pour se placer en haut de l'amphi. Je m'avance et commence à parler.

– Bonsoir, tout le monde. Nous vous avons réunis pour parler un peu d'histoire.

J'entends les plus jeunes souffler et commencer à discuter entre eux. Un rugissement bestial les interrompt, Luna s'avance et je lui laisse la parole. Elle commence par leur décrire le grand-père d'Ambre, ce qu'il faisait pour la société auparavant et commence à expliquer pourquoi nous ne travaillons plus ensemble. Les personnes plus âgées sont au courant de cette histoire, mais pour les plus jeunes c'est tout autre. Je sens les regards de haine qui se dégagent de Léa et Chloé. Nous ne leur avons jamais vraiment expliqué ce qu'il s'est passé. Elles se lèvent pour montrer leur mécontentement, toutefois, Luna ne se laisse pas interrompre et leur envoie un grognement pour les dissuader de s'en aller. Elles s'assoient en exprimant leur colère. Je n'ai jamais réussi à dire la vérité à ma fille, je ne voulais pas qu'elle pense que sa mère était morte pour rien. Nous leurs avons tout pris, pas volontairement bien sûr, mais ils seraient toujours de ce monde si nous n'avions pas agi dans la précipitation, à l'aveugle.

Les jeunes restent bouches bées, ils ont du mal à assimiler toutes ces informations. Habituellement, l'organisation ne gère pas les problèmes de ce type, du coup, beaucoup de mains se lèvent pour mieux comprendre nos agissements lors de cet incident. Luna se débrouille très bien, elle répond à chaque question en employant les bons mots. Je la sens soulagée d'un poids d'avoir pu divulguer la vérité à tout le monde. Je ne m'étais pas rendu compte à quel point cette histoire la touchait autant, près de dix-huit ans plus tard.

<u>Léa</u>

Je ne comprends pas pourquoi mon père ne m'a jamais dit la vérité sur la mort de ma mère et de mon grand-père. Il pensait à quoi en agissant comme ça ? Ils étaient de mèche avec mes tantes et tous les vieux de l'organisation. Ma cousine n'était pas au courant, non plus. Je sens que son tigre n'est pas loin, du coup, je lui prends la main et lui envoie des ondes de bien-être. Elle tourne le visage vers moi et me sourit, un tout petit sourire mais je suis rassurée car son aura a diminué. Son tigre se rendort tout doucement. Nolan sent mon anxiété et me masse doucement les épaules pour me détendre. Il va falloir que j'aie une grande discussion avec mon père.

Tout le monde commence à se lever, quand une alarme retentit dans l'amphi. Ma tante nous regarde paniquée. Lune, son puma, prend le relais et passe la porte à une vitesse folle en direction de la clinique. Mon père la suit de près, ainsi que toute la meute de loups.

Nolan me retient mais je me libère et saute les marches quatre à quatre. Un gros tigre blanc me suit jusqu'à l'entrée de la clinique. J'ouvre la porte, fais un pas à l'intérieur quand une odeur nauséabonde m'atteint de plein fouet. Plusieurs corps se trouvent au sol. Je me baisse, en retourne un sur le dos et reconnaît Simon. Je pose mes doigts sur son poignet, me concentre pour sentir son pouls, qui est très faible.

Chloé, toujours en tigre, se rapproche de Joe, elle le sent et me fait signe de la tête qu'il n'a pas eu autant de chance que Simon. Nolan porte le blessé jusqu'au manoir pour libérer l'entrée de la clinique et deux sorciers prennent le relais. Chloé m'empêche d'avancer d'avantage, elle hume l'air et grogne.

« Tu sens cette odeur, c'est celle de démons. Comment ont-ils fait pour passer nos remparts ? Ils doivent avoir un sorcier très puissant avec eux pour contrer la magie de tante Luna. On attends Nolan et on y va. »
« Il arrive. Prépare-toi, ils sont nombreux. »

Nolan se positionne à ma droite, Chloé à ma gauche et nous avançons prudemment. Je ne sens pas la présence de ma tante, soit elle n'est pas ici, soit elle est... Non ce n'est pas possible. Pourtant, je l'ai vue entrer par cette porte, et il n'existe pas d'autre sortie, à part le trou béant qui se trouve au même niveau.

Une brume s'approche à grande vitesse vers nous, je récite une incantation et la brume ralentit le mouvement jusqu'à être immobile. Un homme nous regarde avec une rage monstrueuse. Je lui enfonce ma dague dans le cœur et son corps se désintègre. Un de moins. Nolan est entré dans la pièce où se trouvait Ambre quelques heures auparavant, mais personne ne s'y trouve. J'y pénètre, il ne bouge pas, comme paralysé.

« Qu'est-ce qu'il t'arrive, Nolan ? »
« Retourne-toi, Léa ! ! ! »

Je fais un demi-tour et me retrouve nez à nez avec un démon brumeux, comme celui que je viens de renvoyer en enfer, mais en beaucoup plus imposant. Il m'attrape par le cou et me soulève en me serrant de plus en plus fort. Je ne l'ai pas vu venir, celui-là. Son visage, jusqu'à maintenant invisible, prend la forme d'une tête humaine. Il a les traits tirés par la colère, et je peux sentir son esprit entrer dans ma tête pour m'anéantir. Je lui interdis l'accès en utilisant toute l'énergie qu'il me reste. Soudain, une grosse patte blanche lui arrache d'un coup sec, la tête qui quitte ce corps de brume pour aller s'écraser contre ce qui reste du mur. Ma cousine se tient devant moi, fière comme un paon.

« Et de deux. »

– Viens, Nolan, continuons, il n'y a plus personne dans cette pièce.

– Vous ne trouvez pas que ces démons ressemblent à ceux que nous avons affrontés, en France, il y deux ans et demi ?

– Oui, mais je pense que c'est le père d'Ambre qui nous attaque.

– Tu as sans doute raison, mis je trouve qu'ils se ressemblent beaucoup.

« Bon, les amoureux, on continue d'avancer car il en reste encore. »

Chloé passe la première, suivie de Nolan et moi. Nous arrivons devant la chambre que j'occupais cet après-midi, la porte est fermée et la voix de mon père s'en échappe. J'actionne la poignée mais rien ne se passe. La porte est bloquée, une petite incantation pour l'ouvrir, toujours rien. Pendant que Nolan se métamorphose, Chloé se jette sur la porte mais s'écrase contre celle-ci qui ne bouge pas d'un iota . Elle a été piégée pour rester fermée. Seul le sorcier qui l'a bloquée peut l'ouvrir. J'appelle mon père, crie de toutes mes forces son prénom, cependant, il ne m'entend pas. Nous essayons de trouver un autre moyen d'entrer quand la porte s'ouvre enfin d'elle-même. Un démon d'une aura inestimable me regarde, tenant une dague, bleutée et parsemée de diamants, sous le cou de mon père.

– Bonsoir Léa, ravi de faire ta connaissance. Tu sais, en enfer, tu es dans toutes les bouches des démons. Une très jeune fermière qui a renvoyé en enfer au minimum mille démons, ça fait parler. Mais ce qui est étrange c'est qu'ils ne ressentent pas de haine contre toi, mais plutôt du respect. J'avais hâte de pouvoir rencontrer celle qui fait tourner toutes les têtes de ces démons et je te dirais que je ne m'attendais pas à te voir, toi.

Chloé se met à grogner, quand soudain, un vent glacial la projette contre le mur. Elle se retrouve alors inconsciente.

– Couche-toi dans ton panier, petit chaton, et attends qu'on te donne la parole.
– Qu'est-ce que vous lui avez fait, espèce de monstre ! ! !
– C'est moi qui parle et toi tu m'écoutes. Toi, le cheval, tu ne bouges pas, sinon tu risques d'atterrir dans mon assiette ce soir.

Nolan fait grincer ses sabots, de colère, sur le sol. J'observe mon père et me rend compte qu'il est dans une phase de transe. Il ne réagit pas, ne parle plus et ne se défend même pas.

– Que veux-tu, démon ? Je n'ai pas l'habitude de parler avec ta race donc abrège.
– Ce que je veux ? Vous vous foutez de moi ! Vous me volez mon bien le plus précieux sur cette terre et vous osez me poser cette question ?
– Tu es le père d'Ambre, c'est ça ? Tu devrais savoir que nous ne négocions pas, même sous la contrainte. Ce n'est pas comme ça que tu vas gagner l'estime de ta fille, donc relâche mon père immédiatement.

Il se met à rire et disparaît en laissant tomber mon père

au sol. Nolan se jette sur lui et le rattrape in extremis avant qu'il ne se fracasse le crâne sur la table de chevet.

Je me rapproche de lui et essaie de le faire réagir, il ne bouge pas mais me fixe, il est paralysé. Je demande à Nolan de rester avec lui pendant que je vais examiner ma cousine. Il redevient humain et s'assied à ses côtés. Une flaque de sang se trouve au niveau du crâne de Chloé, je peux entrevoir une grosse plaie béante. J'appelle les secours et appuie dessus pour éviter qu'elle ne se vide de son sang. Elle a repris sa forme humaine lors de sa perte de connaissance. Je me penche sur le côté pour atteindre le lit et attrape le drap avec mon pied pour la couvrir avant l'arrivée des secours. Je suis persuadée qu'elle me remerciera pour ça. Ston, l'infirmier, arrive à mon niveau et prend le relais. J'enlève ma main et la plaie se met à couler abondamment. Steve, un des loups de la meute de Jordan, arrive et nous aide à l'installer sur le brancard. Je leur demande où est Juliette, mais ni l'un ni l'autre ne le sait. Apparemment, elle serait introuvable depuis la réunion. Nous n'avons plus de médecin en ces lieux. Ston lui fait un pansement américain en attendant de trouver un doc' et moi je repars à leur recherche. Je me dirige vers la réserve et entends des bruits étranges.

J'ouvre la porte avec prudence et découvre toute l'équipe médicale ligotée. Juliette est là, au milieu de ce beau petit monde. J'essaie de détacher ses liens mais je ne peux pas les toucher. Je reçois une châtaigne à chaque fois que je rentre en contact avec la corde. Du sang de démon a été utilisé pour éviter que l'on enlève trop vite leurs liens. Je réfléchis et trouve une incantation dans un petit coin de ma tête, une des premières que l'on apprend à l'école, et les liens sautent tous en même temps.

– Juliette nous avons deux blessés graves, Chloé et mon père, dans la chambre numéro deux et un autre plus léger au château.
– J'y vais. Zoé, Alyson et John vous allez au château, les autres vous venez avec moi, allez on se grouille.

Elle prend les choses en main comme une cheffe, elle a compris dans mon regard que tante Luna n'est pas là et qu'il faut qu'elle gère la clinique. Je me dirige vers la chambre d'Ambre, enjambe les cendres du démon et passe par le trou béant provoqué par l'explosion. Je me retrouve dans la cour. Quelqu'un me braque avec son arme, mais qu'est-ce qu'ils ont tous à me chercher des noises, aujourd'hui ?
Je lève les yeux et reconnaît le grand-père d'Ambre. Son équipe a pris en joue l'équipe médicale, qui n'a pas pu rejoindre le blessé. Je commence à vraiment en avoir marre de tout ça.

– Vous vous êtes donnés le mot ? C'est ma fête, c'est ça ? Non, mais sérieux, vous ne voyez pas que vous braquez une équipe médicale !? Baissez vos armes, ils ne vont rien vous faire, nous avons beaucoup de blessés.

L'homme qui me tient en joue leur demande de baisser leurs armes et l'équipe traverse la cour pour entrer dans le bâtiment d'en face.

— Votre petite fille ne se trouve pas dans nos locaux, elle a disparu avec mon cousin et ma tante. Je les cherche mais ils sont introuvables.
— Tu peux les retrouver avec ton radar hypersonique, alors je te laisse cinq minutes pour les dénicher et me dire où ils sont.
— Vous me prenez pour un super-héros ? ! Non, mais dans quel monde vous vivez, sérieux. Laissez-moi passer sinon je risque de m'énerver et vous ne voulez pas me voir énerver ? ! Si ?

Ils se mettent à rire et l'un d'eux, qui mesure un mètre quatre-vingt dix, tout en muscles s'approche de moi et me pousse. Je perds l'équilibre à cause des gravats et me retrouve assise au sol. Il me hurle dessus.

— Tu crois que tu nous fais peur, gamine ! ! ! Repars pleurer sous la jupe de ta mère et laisse-nous faire notre travail, ahahah.

J'entends des pas derrière moi, je ne peux pas me retourner vu la position que j'ai mais je sais que c'est quelqu'un qui est de mon côté. Je ressens une boule d'énergie se former dans mon corps, due à ma colère qui s'accentue. Il n'aurait jamais dû me pousser à bout. L'homme de mon clan prend la parole.

– J'espère que tu es prêt à assumer d'avoir réveillé le dragon dans le corps de la petite gamine, comme tu dis. Bon, je vous laisse en bonne compagnie, bon courage, messieurs.

Il tourne les talons et retourne dans la clinique. Les hommes en face de moi n'en croient pas un mot et continuent de se marrer. Je me redresse et voit rouge. Je sens toute ma puissance traverser mon corps de part en part, pour se diriger dans mes paumes et former des grosses boules d'énergie de la couleur de mes yeux, que j'envoie sur les armes des hommes en face de moi. Elles fondent instantanément et les hommes hurlent. Mon corps ne me répond plus et je me laisse guider par cette voix qui dirige la situation. C'est mon animal, en moi, qui a pris le relais. Je suis différente des autres métas, qui eux peuvent se métamorphoser en humain ou animaux. Moi, je reste moi-même, physiquement, du moins. Nous sommes deux pour un corps et quand elle en prend le contrôle, ça ne rigole plus. Les gravats commencent à voler tout autour de moi pour aller s'écraser sur les deux zigotos en face de la clinique. Ils se retrouvent enfouis sous une tonne de béton. Je fixe mon regard sur mes nouvelles proies, l'autre costaud et son pote, à côté de lui. Il ne rigole plus et son teint est livide.

Je me dirige vers eux, ils hésitent à m'attaquer mais ils commencent malgré tout le combat ; ils croient avoir une chance, mais ils se trompent. Le grand gaillard sort un couteau pour me planter, toutefois, c'était sans compter sur ma rapidité exceptionnelle. Encore une ou deux pirouettes de ma part et ils s'effondrent au sol dans un dernier souffle. Une mare de sang recouvre les gravillons blancs de la cour. Tante Luna ne va pas être contente. Je me retourne et fais face au grand-père d'Ambre pour lui murmurer à l'oreille.

– Je te laisse une chance de partir, et si tu reviens menacer l'organisation tu auras affaire à moi. Pas à Léa, mais à son double maléfique. Tu comprends ce que je te dis, n'est-ce pas ?..... Ouh là, n'y pense même pas, ton couteau est dans ma main. Allez, pars de suite avant que je ne change d'avis.

Il monte dans sa grosse berline en laissant ses sbires sur place et démarre en faisant crisser les pneus. Je reprends possession de mon corps lorsque Nolan court vers moi. Il n'a jamais eu affaire à mon double et je ne voudrais pas qu'il fasse sa connaissance. Pas aujourd'hui, c'est trop tôt. Je discerne une grosse baisse d'énergie dans mon corps, mes jambes me lâchent et je tombe dans ses bras, inconsciente.

Chapitre 8

Nolan

Léa vient de s'effondrer dans mes bras, elle respire normalement et son pouls est régulier. Je lui caresse la joue en lui parlant mais rien n'y fait, elle ne réagit pas. Je la soulève pour l'emmener à la clinique quand Juliette franchit la porte et court dans ma direction. Elle s'approche de son visage et me rassure en me souriant.

— Ses constantes sont bonnes Nolan, elle a dû dépenser trop d'énergie, du coup, elle s'est assoupie. Mais elle va bien, ne t'inquiètes pas. Suis-moi jusqu'à la clinique, nous allons l'allonger à côté de son père et de Chloé, comme ça je pourrais les surveiller plus facilement.

Elle me tient la porte et j'avance jusqu'au box du milieu pour déposer Léa sur le brancard. Un infirmier arrive pour lui brancher des électrodes. Il me fait un signe rassurant et retourne auprès de Chloé qui a la tête entourée d'un bandage. Je croise son regard et elle le baisse, j'ai ressenti comme une honte. Je m'avance vers son lit et lui prend la main.

– Ce n'est pas de ta faute, Chloé, tu ne pouvais pas savoir ce qu'il allait se passer, donc arrête de culpabiliser. Tu n'as pas vu le coup arriver et ne te fais pas de soucis, elle n'est pas blessée. Elle a dépensé trop d'énergie du coup, elle dort.

Chloé lève les yeux à ma hauteur et me sourit en me remerciant pour tout. Je lui rend son sourire et me retourne vers Léa. Juliette ne sait plus où donner de la tête, mais elle est très organisée et gère parfaitement cette équipe de six personnes. Le père de Léa se réveille et se redresse d'un coup, paniqué. Juliette court dans sa direction pour éviter qu'il ne chute du brancard. Elle pose sa main sur son épaule et lui explique la situation en évitant de préciser que Luna, Jordan et Ambre sont introuvables.

Je fais le tour des pièces pour essayer de trouver des indices, mais je ne sens rien et ne vois rien. Ces démons ont bien fait les choses. La seconde équipe médicale s'est réfugiée dans le deuxième box, où deux loups sont installés sur des lits. Ils sont restés sous leur forme animale. Je suis toujours aussi impressionné par leur taille, même après tant d'années à les côtoyer. Le médecin vient à ma rencontre et m'explique que sous cette forme, ils guérissent plus vite. Je l'écoute me faire son compte-rendu, je pense qu'il croit que j'ai pris la relève en tant que chef, car il ne reste que moi debout dans cette clinique autre que son équipe et celle de Juliette.

La porte s'ouvre avec fracas et s'écrase au sol. Un tigre immense rentre, renifle et me fixe. Je reconnais ce regard, cependant, la dernière fois que je l'ai vu il n'y avait pas autant de colère, c'est limite si des éclairs en sortent. Je m'écarte de son chemin et il se dirige vers le box du milieu. Je le suis sans envahir son espace car il est très impressionnant, de par sa taille mais aussi de par son aura. Je me cale dans un coin de la pièce et analyse la situation actuelle.

Ambre

Je me sens vaseuse, mouillée et complètement perdue. Je m'assieds et observe ce qui m'entoure. Je me trouve à même le sol, entourée de grands arbres. Ma tête me lance, je passe la main à l'arrière pour toucher l'endroit qui me fait mal, et je sens un liquide visqueux et chaud qui se pose dessus. Je regarde ma main, elle est pleine de sang. Je tourne la tête de l'autre côté et j'aperçois un corps dont je ne distingue pas le visage, il est sur le ventre. J'essaie de le retourner mais il ne bouge pas, il est trop lourd. Je le secoue, toujours rien. J'insiste plus fort en lui donnant des coups de pieds et j'entends un grognement. Il se met sur les genoux et tourne la tête vers moi.

– Ambre... Ça va ? Mais qu'est-ce qu'on fait ici ?

Il se frotte le visage pour enlever la poussière qui s'y trouve. Un bruit étrange provient du buisson en face de nous. Un grognement, puis un cri de femme, et pas n'importe laquelle ! ! C'est la mère de Jordan. Elle se redresse et nous observe, tour à tour, avant de se libérer des ronces qui lui entourent et lui griffent les bras et les jambes, dénudées.

– Maman, tu vas bien?

Elle examine son corps, ne perçoit aucune blessure et se met à me fixer, en particulier ma main pleine de sang.

– Ambre, tu saignes ? Où es-tu blessée ? Je vais m'approcher pour t'examiner donc ne fais aucun geste brusque qui pourrait aggraver la situation.

Je fais une grimace mais lui donne mon accord par un geste de la tête, qui accentue ma douleur, au passage. Je la penche en avant pour qu'elle puisse voir la blessure en question. Jordan me tient la main pour me soutenir et observe la plaie, lui aussi.

– Ce n'est pas très joli, tu as une plaie qui n'est pas très grande mais assez profonde. Une artériole a du être touchée car ta blessure saigne en abondance. Je ne sais pas comment nous avons atterri tous les trois ici, cependant tout ce que j'avais dans les mains au moment de l'événement a suivi avec moi. Jordan, peux-tu récupérer ma trousse dans les ronces, s'il te plaît ?

– Dans les ronces ?

– Oui, derrière le buisson, elle est coincée dedans. Allez Jordan, accélère si tu ne veux pas qu'Ambre ne se vide de son sang !

Il ronchonne et part se faire piquer les parties du corps sans vêtement. Il revient très rapidement et tend ce qu'il en reste à Luna. J'aperçois plusieurs égratignures sur ses bras et son torse, musclés. Tout d'un coup, je sens la température de mon corps augmenter et mes joues se couvrir de feu, elles doivent être toutes rouges. Luna nous scrute avec attention, et je perçois un petit sourire. La situation l'amuse. Elle fouille dans la trousse et grimace.

– Ambre, le produit anesthésiant s'est cassé lors de notre téléportation, du coup je vais devoir te recoudre sans endormir la partie concernée. Tu risques d'avoir un peu mal mais ce sera moindre par rapport à la douleur que tu as en ce moment. Ça va aller ?

– Oui, je vais serrer les dents. Allez-y, Luna.

Jordan me tend de nouveau la main, que je vais broyer dans très peu de temps. Il me sourit et il me dit des petits mots doux pour me rassurer. Je sens un liquide couler sur mon cuir chevelu et une sensation de brûlure, je serre fort les dents pour éviter de crier lorsque Luna commence à piquer avec son aiguille. Elle m'explique tout ce qu'elle fait pour éviter que je panique. Elle commence par un premier point pour l'artériole et ensuite elle passe une fois, deux fois, trois fois, s'arrête et me prévient d'une dernière fois pour la plaie. Jordan m'embrasse la main et je desserre mes doigts des siens, devenus blancs. Luna me fait un pansement et je la remercie pour ce qu'elle vient de faire.

Elle s'assied à côté de moi, pose sa tête contre le tronc d'arbre et m'interroge.

– Ambre est-ce que tu sais où nous sommes ?
– Non, je ne connais pas cet endroit. Après, il fait nuit noire, nous sommes entourés de grands arbres donc ça risque d'être compliqué pour moi de repérer quoi que ce soit. Mais pourquoi vous me demandez ça ?

Jordan observe la végétation qui nous entoure, mais il n'a pas l'air de reconnaître cet endroit.

– Je ne connais pas cette forêt et pourtant j'ai gambadé dans pratiquement toutes celles qui entourent le manoir à plus de deux cent kilomètres à la ronde. Maman... Je ressens ton angoisse, qu'est-ce qui t'effraie autant ?

Luna souffle un bon coup et commence à parler.

– Nous sommes là où tout a commencé avec ton grand-père, Ambre. Cet arbre, en face de nous, a évité à ta mère de dévaler la falaise qui se trouve juste derrière. Quand j'ai retrouvé ton grand-père, il y a dix-huit ans, il était penché sur elle et lui chuchotait à l'oreille des mots incompréhensibles pour moi. Je ne connaissais pas encore le dialecte qu'il utilisait, j'étais encore jeune et très peu expérimentée. C'est toi qui nous a emmenés ici lorsque nous avons été attaqués par les démons ! ! ! Ton corps s'est mis en alerte et nous a téléportés, car ni Jordan ni moi n'avons ce pouvoir.

– Pourquoi, ici ? Je ne connaissais pas cet endroit avant que vous ne m'en parliez. Ce n'est pas moi, je vous l'assure. Je n'ai ressenti aucun danger, donc je ne comprends pas ce qu'il s'est passé.

– Si ce n'est pas toi, qui est-ce ?

Je perçois des bruits de feuillage un peu plus haut dans la colline, comme si le vent commençait à se lever pour former une petite tornade de feuilles. Luna se lève et crie à Jordan de se mettre en position de défense. Il se place derrière l'arbre et j'entends des craquements d'os très désagréables, suivis d'un hurlement. Il revient à mes côtés, il est magnifique, il fait ma taille une fois debout, alors que lui est sur quatre pattes. Ces yeux sont d'un bleu azur avec des tâches blanches à certains endroits. Je n'ai jamais vu des yeux de cette couleur. Ils sont splendides. Mais le plus impressionnant, c'est la couleur de son pelage, si sombre qu'il peut se fondre dans la nature lors d'une nuit sans lune, comme ce soir. Il se frotte à ma main, je fixe ses yeux et perçois de la déception, de la peur. Je lui prends le museau et le rassure en lui disant qu'il est beau. Je me colle à son flanc droit et caresse sa fourrure, si douce. Il se retourne et me lèche la joue, quand soudain une ombre se forme entre nous et le propulse dans les airs, à trois mètres de mon emplacement. Je sens une rage folle monter en moi.

Je me mets en position d'attaque, tout en fixant l'endroit où se trouve Jordan. Un puma noir est à ses côtés pour le relever; c'est bon, il va bien. Ils reviennent vers moi, mais deux personnes se matérialisent pour les empêcher de passer. Le combat commence. Ils se défendent très bien, toutefois, ils ne sont que deux et les autres sont de plus en plus nombreux. Plusieurs démons les encerclent et je perçois de la peur dans les émotions de Jordan, il s'inquiète pour moi et ça le déstabilise pour se battre. Je cours leur venir en aide, quand un homme me bloque le passage, je lui balance mes poings au visage mais rien ne se passe, il s'efface à chaque coups donné. Cette danse dure un bon moment et je me sens faiblir, perdre de l'énergie. Ma douleur au crâne augmente significativement.

Soudain, une explosion retentit dans la colline, et toutes les personnes autour de moi disparaissent comme par enchantement. Des cris, des grondements résonnent jusqu'à mes oreilles. Je vois Jordan courir dans ma direction en hurlant. Je ne comprends pas tout de suite ce qu'il se passe, jusqu'à ce que je sente une piqûre et une pression autour de mon cou, deux mains m'étranglent. Je pose les miennes dessus et tire de toutes mes forces mais il ne me lâche pas, bien au contraire, il resserre de plus belle. Je tente des coups de pieds dans ses jambes, mais il est trop fort pour moi. Il approche son visage près de mon oreille et me murmure des mots que mon esprit ne comprend pas de suite, mais qui deviennent limpides au bout de quelques secondes.

– Hachtamogdi quefe vida meamora...... Arrête de te débattre mon petit ange, ça ne sert à rien. Et ne compte pas sur ton copain, il n'a aucune chance contre moi.

Des larmes coulent sur mes joues et je perçois toute la peine et la colère de Jordan. Ce monstre a raison, il n'arrivera jamais à temps, car je sens mes mains perdre en force et mes jambes flageoler. Il me retient pour éviter que je ne m'écrase au sol. Je n'ai plus d'air pour respirer, ma vision se floute et des petites lucioles blanches apparaissent devant moi. Puis, c'est le trou noir.

<u>Jordan</u>

Je m'effondre au sol, mon corps a repris forme humaine et une douleur me comprime la poitrine. J'entends mon loup qui hurle dans un coin de ma tête. Ce démon l'a emmené avec lui sans que je ne puisse faire quoi que ce soit.

« Ils nous a piégés et a eu ce qu'il voulait, mon amour. »

Je perçois des pas dans mon dos, et entends le bruit d'un sabre fendre l'air, je ne bouge pas. Je sais que je viens de perdre tout ce que j'avais de plus cher, sur cette terre. Je me recroqueville, près à recevoir le coup fatal, quand une ombre saute au-dessus de moi et intercepte le coup à ma place.

Je me ressaisis et tourne la tête vers la personne, qui n'est autre que ma mère. Un sabre lui traverse le corps de part en part et une montagne de cendres gît à ses côtés. Je me précipite sur elle, et lui relève doucement la tête.

— Maman, qu'est-ce que tu as fait ? Tu n'aurais pas dû intervenir, de toute façon je suis perdu.

Du sang coule de sa bouche, elle tousse et me répond.

— Tu crois que j'aurais pu laisser ce démon tuer mon fils devant mes yeux ? ? ? Tu es mon FILS et je ne laisserais jamais personne te faire du mal ! ! ! Je ne veux plus que tu abandonnes, Jordan.

Je baisse le regard et elle comprend mes intentions. Elle respire très difficilement et son pouls ralentit.

— Regarde-moi, je veux que tu te battes jusqu'au bout. Ambre n'est pas morte. Cherche sa présence tout au fond de toi, et tu la sentiras. Elle est vivante et tu vas la retrouver. Ne baisse plus jamais les bras, tu as toute la vie devant toi, une famille qui t'aime, et qui te soutiendra lors de tes recherches.

Elle tousse plus fort et des gouttelettes de sang de plus en plus nombreuses sortent de sa bouche.

– Je vais mourir, mon fils. La plaie est trop grave pour que Lune me soigne, mais sache que tu n'y es pour rien. Je ne veux pas que tu culpabilises, c'est clair ? Ces démons nous ont piégés mais tu vas t'en sortir, c'est tout ce qui compte à mes yeux. Tss-tss, tss-tss. Dis à ta sœur, Mia, que je l'aime, et surtout dis à ton père qu'il se batte pour vous, même si je ne suis plus là. Tss-tss, tss-tss. Regardes-moi, JORDAN, la cavalerie arrive pour toi, alors bats-toi ! je t'aime, mon fils.

Je l'observe, et vois un sourire sur son visage qui m'est destiné. Elle me chuchote un deuxième je t'aime et les battements de son cœur s'arrêtent. Son regard est toujours ancré dans le mien, cependant, je ne discerne plus rien dedans. Elle nous a quitté. Je ferme ses paupières, la serre contre mon torse, l'embrasse une dernière fois, la pose au sol et me lève d'un bond, pour sauter sur la personne dans mon dos. Je me retrouve allongé sur un grand puma noir au regard hagard, il vient de comprendre que son âme-sœur est partie. Il se métamorphose, m'écarte de lui et se jette sur son corps imbibé de sang. Il retire le sabre et la prend dans ses bras en gémissant. Je ne réagis pas. Voir mon père dans cet état, à cause de moi, me fait atrocement mal. Je sens une vague de culpabilité m'atteindre de plein fouet, c'est à cause de moi si ma mère est morte. Mon père se décale tout en maintenant le corps de ma mère, pour me faire face.

– Ne pense plus jamais cela, Jordan, tu n'est pas coupable de la mort de ta mère. Le seul coupable c'est lui ! ! !

Il me désigne le tas de cendre à ses pieds et reprend la parole.

– Ta mère était dans ma tête jusqu'à la fin, elle m'a senti arriver et m'a fait promettre de vous protéger coûte que coûte, toi et ta sœur. Je vais respecter ma promesse, et toi tu vas honorer la tienne, tu as bien compris ? Je n'étais pas avec vous, mais j'ai vécu ses derniers moments avec toi à travers ses yeux. Je sais ce qu'il s'est passé.

Mon père se redresse, s'approche de moi, me tient par une épaule et m'empêche de baisser le regard, en tenant mon menton de sa main gauche. Je lui fais oui de la tête et il me prend dans ses bras, où je laisse toute ma peine et ma colère se déverser, contre son torse.

Chapitre 9

Léa

Je sens une force inconnue me submerger de part en part, c'est une sensation très étrange, comme une source d'énergie qui m'envahit de la tête au pied, suivie d'une émotion forte, dont j'ai du mal à percevoir l'identification. Je suis confuse, je regarde mon père, Chloé, Léana, et me mets à hurler d'un coup, lorsque cette énergie se met à augmenter. Des larmes coulent le long de mes joues, lorsque j'arrive à mettre des mots sur tout ce qui se passe dans mon corps. Mon père essaie d'attraper ma main, mais je lui refuse l'accès à mes émotions du moment, sinon il va comprendre, et il n'est pas encore rétabli. Je sors de mon lit accompagnée de Juliette, et je sens ma tante me suivre sans que je ne dise quoi que ce soit. Nolan vient à ma rencontre et prend la place de Juliette. Il m'accompagne à l'extérieur du bâtiment, le plus loin possible des oreilles indiscrètes. Je fixe Léana et Nolan, et leur annonce la mauvaise nouvelle. Ma tante Luna est morte, je ne sais pas comment, ni pourquoi, ni par qui elle a été tuée, je sais juste qu'elle n'est plus de ce monde. L'énergie que j'ai ressenti était son pouvoir de Fermière, suivie de toutes les émotions de Jordan et Roy, mon oncle.

Léana s'effondre au sol en pleurant. Elle ne crie pas, elle a compris que je ne voulais pas en parler à mon père tant qu'il était encore faible. Je m'accroupis et la serre dans mes bras, en l'accompagnant dans sa peine. Nolan m'envoie des ondes positives pour m'aider à ne pas sombrer. Au bout de dix minutes, assises à même le sol, nous nous relâchons, et je m'aperçois que beaucoup de monde nous entoure. Ils savent ce qu'il vient de se passer. Roy a appelé l'organisation pour prévenir de leur retour d'ici quelques heures et a demandé à ce que l'on prépare la salle de cérémonie, sans préciser qui était mort. Léana part en direction de la petite maisonnette au fond du jardin, à côté de notre cimetière où tous les membres de l'organisation sont enterrés. Je la suis accompagnée de Nolan. Je n'arrive pas à croire que ma tante est morte, elle était si forte et si courageuse. Toujours à nous protéger contre ce monde infesté de démons et de mauvaises personnes. Léana se retrouve devant cette grande porte en bois massif, et pose la main sur la poignée. Elle hésite à l'ouvrir, puis fait demi-tour et part vers les tombes.

Je l'observe, elle se dirige vers celles de mon grand-père et de ma grand-mère, et s'assied devant. Elle ne bouge pas, ne parle pas et reste seule, assise devant leur sépulture. Je la laisse tranquille et ouvre la porte.

Je pénètre dans cette maisonnette, l'odeur de renfermé me fait froncer le nez. Nous ne venons que très rarement dans cette pièce. J'ouvre les fenêtres et un courant d'air fait voler mes cheveux. Nolan me suit de près, sans me coller pour autant. Je m'approche sur *le mur des visages*, où toutes les photos de nos proches sont accrochées. Il y en a des milliers, et pourtant ce sont juste les morts de ce siècle. Tout ça pour quoi ? Nolan m'encercle avec ses bras et je craque. Le visage de ma mère se trouve en face de moi, elle était si jeune. Il essaie de me calmer mais les mots doux qu'il me chuchote à l'oreille ne font pas d'effet, mon corps lâche et je me laisse porter par ses bras. Il m'assoit sur un banc et me caresse le dos.

Au bout de vingt minutes, ma tante entre, sûre d'elle. Son visage est complètement différent, ainsi que son attitude, elle paraît reboostée. Elle prend la situation en main et nous la suivons dans le ménage de la pièce, lorsque la meute de Jordan franchit la porte avec des balais et des sacs poubelles. Nous mettons un bon bout de temps à tout mettre en ordre. La salle est finalement prête pour accueillir tout le monde. Léana me demande de la suivre dans la pièce du fond. Je passe à travers une petite porte en fer avec des signes tout autour, gravés directement sur l'encadrement. Je demande à ma tante ce que cela signifie, et elle me dit que c'est pour éloigner les mauvais esprits et les démons lors de la préparation du corps pour la cérémonie. Je me cogne à son dos car elle vient de s'arrêter net.

Roy se trouve dans la pièce, accompagné de Jordan, et une vague de tristesse m'atteint de plein fouet. Je perds l'équilibre et pars en arrière, mais Nolan me retient pour m'éviter de m'ouvrir le crâne contre le mur en vieilles pierres. Je le remercie et me rapproche de mon oncle et de mon cousin. Ils nous aperçoivent, et nous prennent dans leurs bras.

Mon oncle ne pleure pas, cependant son regard me montre toute la peine qui le ronge, ainsi que cette colère qui a envie de sortir. Il garde le contrôle, mais je sens son puma très proche de sortir, et donc de faire une bêtise. Jordan est effondré, je le prends dans mes bras et le console avec les moyens que j'ai, je lui infuse des ondes positives, du moins j'essaie, car c'est compliqué pour moi aussi. Je regarde autour de moi, ma tante a été entourée d'un drap, allongée au milieu de la pièce sur une table réfrigérée. Juliette vient d'entrer par une porte qui donne sur l'extérieur, c'est donc par là qu'ils sont arrivés. Je continue de regarder la pièce et reste coite.

– Jordan, où est Ambre ?

Il me fixe mais ne me répond pas. Ses larmes continuent de couler sur ses joues.

– Nous allons la retrouver, ne t'inquiète pas, mon fils. Il ne lui fera aucun mal. Pour le moment, occupons-nous de ta mère, il faut qu'elle puisse traverser rapidement, sinon elle risque de rester coincée à jamais dans les limbes. Quelqu'un a prévenu ma fille ? Je n'ai pas réussi à la joindre.

Juliette relève la tête et murmure.

– Je l'ai eu au téléphone, juste avant que vous arriviez. Elle sera là dans deux heures, accompagnée de ta sœur Anaëlle.
– Merci Juliette. Tu lui as tout dit ?
– Je l'ai dit à ta sœur mais pas à Mia, tu devras t'en charger à son arrivée. Toutefois, elle a ressenti une brûlure dans la poitrine au moment de la mort de Luna. Anaëlle l'a examinée et elle a le tatouage. Elle pense qu'elle sait, mais n'en n'a pas parlé.
– Jérémy et Victor, allez surveiller son arrivée, et venez me chercher dès qu'elle est là. Je veux lui annoncer la mauvaise nouvelle moi-même.
– On y va.

Ils quittent la pièce, puis Chloé et mon père franchissent le seuil. Juliette les aperçoit et part en courant dans leur direction, en hurlant.

– Que faites-vous là, tous les deux ? Je vous avais demandé de ne pas quitter la clinique, c'est trop dangereux, avec vos blessures !

Elle crie en se positionnant entre eux et le corps de ma tante. Elle veut le cacher mais c'est trop tard, ils ont les yeux fixés dessus. Mon père reconnaît immédiatement de qui il s'agit.

Il s'approche d'elle tout doucement, des larmes coulent sur son visage. Il se tourne vers nous et se met à hurler.

– Vous pensiez me cacher la mort de ma sœur, sérieusement ? Je sais qu'elle est morte depuis le moment où son cœur s'est arrêté. Nous sommes liés, c'est ma sœur jumelle, je vous le rappelle. Je veux que tout le monde quitte la pièce, je veux pouvoir me recueillir un moment.

Toutes les personnes se trouvant dans la petite pièce sortent, je vais pour fermer la porte mais il m'en empêche et me demande d'approcher.

– Léa, je comprends que tu ne voulais pas me faire ressentir toutes les émotions que tu as perçues tout à l'heure, mais je suis ton père et je suis là pour te protéger. J'aurais pu diviser ta peine et ta douleur mais tu me l'a refusé, pourquoi ?
– Comme tu l'as dis toi-même, tu es mon père, et tu es gravement blessé, donc je ne voulais pas empirer ta situation et assumer mon pouvoir seule.
– Ne recommence plus ! !

Il y a beaucoup de colère dans sa voix, je sais que je l'ai déçu en agissant comme ça, mais j'ai pensé à son bien-être avant le mien.

Tant pis, s'il ne comprend pas mon geste, c'est trop tard maintenant. Il me prend la main et relève le drap qui se trouve sur sa tête.

Son visage est très livide, sans aucune expression, mais si détendu. Elle est si belle, sans cette souffrance qu'elle portait sur les traits de son visage. Est-elle mieux là où elle se trouve ? Mais où est-elle ? Mon père me répond.

– Comme ton oncle te l'a expliqué tout à l'heure, son âme se trouve encore sur terre, et il faut que nous pratiquions la cérémonie le plus rapidement possible pour éviter que les démons ne l'emportent avec eux. Elle est coincée dans un lieu où elle ne peut se défendre, du coup, c'est à nous de faire le nécessaire, pour que son passage vers un monde meilleur se fasse sans encombre. Le maître de cérémonie arrive dans très peu de temps, ainsi que sa fille et sa belle-sœur, ensuite elle nous quittera pour de bon.
– Je ne connaissais pas tout ça! ! Je te laisse te recueillir, papa, et nous reviendrons quand tu nous feras un signe... Je t'aime, papa, et je ne voulais pas que tu souffres davantage.

Il me prend dans ses bras, m'embrasse, et je quitte la pièce.

Quelques heures plus tard, deux berlines noires franchissent le portail argenté. Elles se garent dans la cour gravillonnée, et la portière de la première voiture s'ouvre. Un homme très âgé en sort, il paraît avoir au moins cent ans. Il s'aide d'une canne pour avancer dans notre direction. Il serre mon père dans ses bras et lui murmure des mots incompréhensibles. Ma tante Léana s'approche et le prends dans ses bras.

– Bonjour grand-père, comment s'est passé ton voyage ?
– Ça va, mon enfant, mieux que ce qui m'attend maintenant.

Qui est-ce ? Si j'ai bien entendue, c'est mon arrière grand-père. Waouh, je ne savais pas. Mon père m'observe et me demande d'approcher.

– Grand-père, je te présente ma fille Léa.
– Oh que tu es belle mon enfant, une belle fermière. J'aurais aimé te rencontrer dans d'autres circonstances. Mais je suis ravis de faire ta connaissance.
– Bonjour, ravie de vous rencontrer.
– Oh tu peux me dire tu….

Chloé avance avec difficulté mais vient se loger dans les bras de notre arrière grand-père.

– Oh grand papou ! Ça me fait plaisir de te voir.
– Comme tu as grandi, Chloé. La dernière fois que je t'ai vue, tu te cachais encore dans les jupes de ta maman, ou tu te métamorphosais en tigre et tu détruisais tout dans la maison.
– Je n'étais qu'une enfant, et je n'arrivais pas à gérer mon côté animal.

Il se met à rire et dit.

– Eh bien, tu as bien grandi, mon enfant. Tu es devenue une belle jeune femme. Où sont ta cousine Mia, et Jordan ?

– Jordan est avec son père dans la maisonnette et Mia est derrière toi.

Une belle femme, brune, aux cheveux bouclés, aux yeux originaux: L'un d'un gris brillant et l'autre, d'un bleu azur. Elle dégage une aura immense, qui me percute et me fait grimacer, tant elle est puissante. Une femme plus âgée la suit de près, d'une beauté exceptionnelle. Grande, brune, aux yeux noisettes, limite vert. Elle aussi a une aura très puissante. Roy nous passe devant pour venir saluer sa sœur Anaëlle, je suppose, et sa fille, ma cousine que je n'ai jamais rencontrée, sauf en photo. Elle vit avec sa tante en Italie et ne vient que rarement dans notre région. Elles étaient à Boston pour un congrès sur … Je ne sais pas exactement quoi, officiellement un congrès de médecine mais officieusement, une réunion entre tous les clans de métas. Une réunion avec tous les plus grands Alpha du monde.

Elle salue son père et il l'emmène avec lui au fond du jardin où Jordan les attend. Ils entrent dans la maisonnette et ferment la porte derrière eux. On peut distinguer des cris ainsi que des pleurs. Pourquoi suis- je si sensible aux émotions de tout ce peuple. Je les ressens puissance dix depuis que ma tante est décédée. Mon père m'a expliqué que mes pouvoirs se sont amplifiés car j'ai récupéré ceux de ma tante où tout du moins en partie car ma cousine a eu le droit au même traitement que moi.

Une fois les présentations faites, nous nous dirigeons tous vers la maisonnette. Certains sorciers se positionnent au niveau du portail, pour bloquer l'entrée aux mauvais esprits et démons, en faisant des incantations. Nous entrons chacun notre tour par la grande porte et nous nous installons sur les bancs pour suivre la cérémonie. Mon arrière grand-père donna une cérémonie magnifique, même si les trois quarts de celle-ci furent incompréhensibles. Il parlait un langage ancien, dont je ne connais rien pour le moment, mais qui est dans mes cours d'apprentissage, à l'organisation. Lors de la libération de son âme, j'ai ressenti un manque à l'intérieur de moi, et je n'ai pu retenir mes larmes. Ma tante venait de partir, réellement. Beaucoup de personnes pleuraient, se prenaient dans les bras pour se consoler, mais rien ne pourra enlever la rage que je ressens dans chacun d'entre nous à la fin de la cérémonie. Une rage immense contre ces monstres, ces démons qui ont fait du mal à quelqu'un de notre famille. Je peux sentir toute la colère, l'envie de vengeance de tous.

La cérémonie terminée, ma tante fut enterrée à coté de ses parents, puis tout le monde parti, chacun de son côté. Je suis mon père et Nolan dans nos appartements, pour nous reposer un peu avant la réunion de demain. Nous devons mettre un plan en place afin de ramener Ambre chez nous, et éviter de faire la même erreur qu'il y a dix-huit ans en arrière.

Chapitre 10

<u>Léa</u>

J'ouvre les yeux après une nuit courte et agitée, je n'ai dormi que deux heures. Je fixe la fenêtre et aperçois la lumière du jour. Je sens un poids sur mon ventre, je me retourne et Nolan m'observe en souriant.

— Bonjour, ma belle, je suis désolé mais je n'ai pas pu résister à venir te rejoindre dans ton lit. Tu m'as tellement manqué.

Je rapproche mes lèvres des siennes et nous partageons un baiser, si sensuel et si tendre. Il commence à me caresser le dos, mais je le stoppe net et le pousse hors du lit. Il tombe au sol, grogne, et je me marre. Il se redresse, me balance le coussin au visage, m'envoie un baiser volant et quitte la chambre discrètement. Si mon père le surprend, il risque de le payer cher. Je décide d'aller me doucher et de m'habiller pour rejoindre tout le monde dans la salle à manger. Une bonne odeur de crêpe flotte dans l'air, je passe la porte et je vois ma famille ainsi que des personnes du centre, en train de déjeuner.

Il n'y a aucun bruit, personne ne parle. Je m'approche de mon père et lui fais un bisou sur la joue.

– Bonjour.
– Bonjour, Léa. Comment va ta cicatrice, ce matin ?

Juliette attend ma réponse, ainsi que ma cousine Mia, qui me fixe intensément.

– Elle m'a brûlé cette nuit. Mais là, c'est supportable.

Mia me fait signe de venir m'asseoir à ses côtés. Je prends place et ressens son agitation, elle veut me parler mais les mots ont du mal à sortir de ses lèvres. Je la regarde et entame la conversation.

– Comment vas-tu ce matin, Mia ? On m'a dit que tu avais une nouvelle cicatrice ? Est-ce qu'elle te fait mal ? As-tu des questions à me poser à ce propos ?
– Oui, c'est tout nouveau pour moi. Dans la logique des choses, ça aurait du être Jordan, le Fermier, et non moi ! ! ! Du coup, je ne m'étais pas préparée à ça. Je ne me suis jamais intéressée aux pouvoirs de ma mère, j'avais déjà beaucoup à faire avec les miens, que j'ai depuis mon très jeune âge. Jordan, lui, est prêt, pas moi ! ! !
– Avec la magie, il faut s'attendre à tout. J'ai eu mon tatouage à l'âge de quinze ans alors que tous les autres Fermiers l'ont eu à dix-huit ans. Tout est chamboulé, mais ne te fais pas de soucis. Après le déjeuner, on ira dans ma chambre et tu me poseras toutes les questions qui te tracassent.

– Merci Léa, ça me rassure que tu sois là pour moi.

Je me sers une tasse de café et prends un croissant dans la corbeille à pain, au milieu de la grande table de la salle à manger.

Ce silence est très inquiétant, on pourrait entendre les mouches voler. Mon père et ma tante quittent les lieux pour se diriger vers l'amphithéâtre au fond du couloir. Avant de franchir la porte, Léana nous interpelle.

– Je vous attends, tous, à l'amphi, dans dix minutes.

Elle se tourne et rejoint mon père plus loin. Son ton était sec sans une once de sentiment. Des chuchotements s'intensifient jusqu'à laisser flotter un brouhaha dans la salle. Je me dépêche de finir et me lève à la suite de mes cousins. Nolan m'empoigne et m'embrasse le front doucement, puis les lèvres. Il me regarde et me mime le mot "je t'aime", avant de me prendre la main pour traverser ce grand couloir lugubre.

Arrivés dans la salle, nous nous installons sur les sièges, devant, et attendons qu'ils prennent la parole. Mon père nous expose son plan qui consiste à retrouver l'emplacement d'Ambre grâce à une magie très puissante. Pour cela, quatre sorciers, plus âgés que nous, sont conviés, de suite, à suivre notre professeur de magie de première année. Ensuite, une fois l'emplacement trouvé, nous allons être divisé en quatre groupes avec des métamorphes, des sorciers et des démons.

Nous devons essayer de faire le moins de perte possible, dans les deux camps. Une fois Ambre et son père trouvés, il faut négocier les termes d'un contrat futur entre l'organisation de l'ombre et les démons. Je sens une rage immense me traverser le corps. Je me tourne en direction de mon cousin Jordan, qui n'est pas du tout d'accord avec la fin du plan. Il est prêt à se métamorphoser quand, soudain, des ondes de bienfaisance sortent de mon corps pour atteindre le sien ; mais rien n'y fait, un loup aux yeux rouges se jette sur l'estrade et grogne sur mon père et ma tante. Mais qu'est-ce qu'il lui prend ? Il perd la tête ou quoi ?

Ma tante lui demande de se calmer, mais il lève les babines et montre ses énormes crocs. J'ai du mal à croire ce qu'il se passe devant mes yeux. Chloé se redresse et fait un immense saut, pour atterrir devant Jordan, en tigre. Ils se fixent mutuellement, en mélangeant rugissements et grognements. Léana hausse le ton et leur demande de retourner à leur place. Mon père se positionne au milieu de mes cousins pour essayer de les calmer, et une discussion télépathique débute. Les personnes au premier rang se sont installées plus haut pour éviter d'être touchées. J'aperçois du mouvement à ma droite, c'est une silhouette de femme. Elle fait de grands gestes avec ses mains en murmurant des mots dont je ne connais la signification.

Tout d'un coup, Jordan se jette sur mon père mais s'écroule avant même de l'avoir atteint. Cette femme passe la porte et avance vers l'estrade. Léana s'approche de Chloé, qui redevient humaine, et la recouvre d'une couverture pour cacher sa nudité devant le reste du groupe. Ce petit bout de femme aux cheveux gris se retourne dans notre direction et commence à se présenter.

– Bonjour, pour ceux qui ne me connaissent pas, je me prénomme Vanessa, professeure de magie de troisième et dernière année.

Vanessa, ce prénom me parle vaguement. Mais bien sûr ! C'est elle qui a élevé mon père lors de son kidnapping, soit l'une des plus fortes sorcières qu'il reste dans ce monde. Je ne pensais pas qu'elle donnait des cours au centre. Je ne l'ai jamais croisée lors de mes deux premières années ici. Pendant que je me perds dans mes pensées, un brouhaha se forme progressivement dans les rangs du fond.

– S'il vous plaît, un peu de silence.
– C'est bon, on n'est pas en cours, ah ah ah....

Je me tourne vers la personne qui vient de parler, il se tient la bouche comme si les sons étaient bloqués, qu'ils ne pouvaient plus sortir. Vanessa sourit et continue son discours.

– Nous ne sommes peut-être pas en cours mais tu me dois le respect ! Donc quand je te demande de te taire, tu te tais !

Le jeune homme fait signe de la tête et sa bouche s'ouvre de nouveau, pour laisser échapper un petit oui.

– Ce n'est pas dans mes habitudes de me servir de la magie pour des broutilles, mais la situation est grave. Pendant qu'Enzo s'occupe de Jordan, moi, je vais gérer les sorciers de dernière année et ceux qui ont un niveau assez élevé en magie, afin de nous aider à renforcer les barrières autour du manoir et du centre avec vous, professeur Vancrout. Mais, surtout, j'ai besoin de personnes pour nous protéger en cas d'attaque. Une fois nos rituels commencés, nous ne pouvons les arrêter. Cela pourrait être mortel pour nous. Il me faudrait six personnes en plus, pour gérer notre protection.

Quelques mains se lèvent dans l'assemblée, et Vanessa les invite à venir à sa rencontre. Une fois son équipe au complet, elle embrasse mon père et envoie un flux de magie vers le corps encore inerte de mon cousin, qui se met à bouger instantanément. Je remarque que mon père lui a attaché les mains et les pieds, avec des menottes spéciales métamorphes. Il fixe Vanessa, dont une rage immense se dégage des yeux. Elle se penche, et lui adresse quelques mots.

– Ne t'inquiète pas, petit louveteau, nous allons sauver ton âme-sœur et venger ta mère. Garde ta colère et ta rage pour ceux qui le méritent et non pour ceux qui t'aiment. Ne te trompe pas de cible, sinon c'est moi qui risque d'être une démone.

Mon cousin ne dit rien, et baisse la tête en signe de soumission. Je ne l'ai jamais vu faire ça. Lui, un Alpha ?! Elle doit avoir un pouvoir immense pour mettre Jordan dans cet état. Elle part avec tout son groupe en direction des salles de cours de magie, tandis que Léana quitte la pièce accompagnée de Roy et de toutes les personnes sensées protéger le domaine, pour un entraînement plus poussé en leur apprenant des tactiques pour combattre ces démons. Mon père prend à sa charge tous ceux qui restent, dont mon cousin et sa meute de loups, ainsi que toutes les troisième année qui ne sont pas partis au cours de magie. Nous le suivons, en direction de la salle d'entraînement.

Arrivée sur place, je le sens se relâcher. Il n'est plus sûr de rien, et il me le fait comprendre grâce à son regard, d'où se dégage de la peur. Il se ressaisit, se secoue, et commence à nous montrer des prises que nous pouvons utiliser en cas d'attaque, avec Nolan pour adversaire. Ils ont réussi à les combattre lors de l'affrontement, quelques semaines plus tôt, en France. Des jeunes du groupe se mettent par deux, et imitent leurs prises, pendant que d'autres se dirigent vers le stand de tir et préparent des armes assez puissantes pour les atteindre. Je m'approche de mon père et commence à lui parler, par télépathie.

« Papa, j'ai peur. Je ne t'ai jamais vu être si craintif et ça m'inquiète. »

« Nous allons passer ce cap, ne te fais pas de souci. Je serais là pour te protéger, ainsi que Nolan. Il a eu un très bon entraînement, durant ces deux années loin de toi. Si tu ne me vois pas à tes côtés, alors c'est lui qui y sera. »

Il me sourit, et continue son entraînement comme si notre conversation n'avait pas eu lieu. Nolan s'approche de moi et je me sens un peu plus en sécurité. Sa présence me rassure. Nous passons la journée à nous entraîner entre le stand de tir et le tapis d'affrontement. Une fois dans ma chambre, je suis exténuée. Je m'écroule, inconsciente, sur le lit.

Ambre

J'ouvre les yeux. Je suis dans une pièce sombre, couchée sur une petite couverture rouge et bleue, posée à même un sol dur et froid. Je me relève péniblement ; mon corps me fait mal. Je constate que, dans cette pièce, il n'y a ni fenêtre ni porte. Mais où suis-je ? Une odeur nauséabonde me parvient aux narines comme un mélange d'urines et d'excréments. J'ai l'impression d'être dans une vieille cave humide, qui aurait servi de toilettes en prime. Je bouge trop rapidement la tête et ma blessure me rappelle à l'ordre. Une douleur paralyse mes sens quelques secondes quand soudain, je perçois des pas en approche. Je me cale dans un coin de la pièce, à l'opposé des bruits, en faisant attention de ne pas marcher sur quelque chose. Un homme se matérialise devant moi, c'est le même qui m'a kidnappé. Je fais un bond en arrière et me retrouve les fesses sur le sol crasseux. Je me tiens le crâne tellement la douleur est vive. Je me masse les tempes pour l'atténuer, mais elle ne part pas. Je sens une main chaude se poser sur celle-ci, et la douleur la quitte instantanément. Je lève le regard dans la direction de l'homme, il semble attendre que je dise quelque chose, mais rien ne me vient. Il se met à ma hauteur et me parle.

– Comment vas-tu, mon ange? J'ai tellement attendu ce moment. Tu ne peux pas savoir combien je suis heureux ! Toujours mal à la tête... Tu t'es fait une sacrée blessure, mais Luna t'a bien soigné, alors qu'elle avait très peu de matériel en sa possession.

Il me fixe avec un sourire crispé, qui ressemble plus à une grimace, mais bon, je ne dis rien et continue de l'écouter.

– Je pense que tu as deviné qui j'étais... Ton grand-père nous a fait beaucoup de mal, tu sais. Et je suppose qu'il t'a raconté la même version qu'à tout le monde, en se faisant passer pour la victime. Alors, écoute-moi bien, car je vais te donner la mienne, et ensuite tu aviseras. Je ne vais pas te garder prisonnière. Une fois que tu auras entendu ma version, tu décideras si tu restes parmi nous, ou si tu pars rejoindre Richard.

Il m'énonce son histoire pendant une bonne heure, et ne m'apprend rien de plus que ce que m'a révélé Luna juste avant l'attaque des démons. Je vois beaucoup de tristesse ainsi que de l'amour dans ses yeux, lorsqu'il me parle de ma mère. Je l'écoute avec attention, car personne ne m'a avoué autant de choses sur elle jusqu'à présent. Je suis subjuguée par toutes ses informations, il la connaissait si bien, jusqu'aux moindres détails, gestes et mimiques qu'elle pouvait avoir. Il trouve que je lui ressemble beaucoup, de par mon apparence mais aussi par mon caractère de cochon. Il m'a suivi ces deux dernières semaines pour en apprendre plus sur moi. Je ressens une envie de l'enlacer, de me rapprocher de lui, c'est assez étrange. Pour un démon, je le trouve plus humain que mon grand-père. Il m'observe et m'ouvre ses bras pour que je puisse m'y réfugier. J'hésite un court instant et me jette contre son torse. Mes larmes coulent sur mes joues. Soudain, un poids immense se volatilise à l'instant même où il pose son regard rempli d'amour sur ma petite personne, un amour inconditionnel dont seul un parent peut avoir pour son enfant.

Il ne me demande rien en retour, juste de se retrouver et de vivre en famille, comme ce qu'il aurait dû se passer, si mon grand-père n'avait pas tout gâché, dix-huit ans plus tôt. Je lui explique le chemin que j'ai parcouru seule pendant toutes ces années en France, et toutes mes péripéties des deux dernières semaines. Je lui parle de Jordan, de sa place dans mon cœur et de mes nouveaux amis rencontrés depuis peu, mais à qui je tiens énormément.

Soudain, un bruit strident résonne derrière le gros mur en béton. Mon père me protège de son corps quand le mur explose en mille morceaux. De la poussière nous entoure et m'empêche de voir ce qu'il se passe, mais surtout qui nous attaque. Mon père se redresse et fait face à un homme cagoulé, en tenue de militaire.

– Tu ne peux pas savoir depuis combien de temps j'attends ce moment ! !
– Et bien, tu vas être servi, je suis tout à toi ! !

C'est mon grand-père, qui se tient devant mon père. Il retire sa cagoule, la jette au sol juste à côté de moi. Il me fixe du regard, et comprend mon changement de camp.

– Tu n'es qu'une sale gamine, il ne t'aura pas fallu beaucoup de temps pour être corrompue, tu n'es qu'une sale garce, comme ta mère! Une petite vermine! Toutes ces années gâchées pour toi, tu me répugnes!

Il crache dans ma direction, et je fais un petit bon sur le côté pour l'éviter. J'ai du mal à le reconnaître, ce n'est pas lui, ou tout du moins il m'a bien caché sa vraie nature de monstre. Mon père se tourne vers moi, et j'aperçois une arme automatique sortir de sous le blouson de mon grand-père. Il lève le bras et le tient en joue. Il faut que j'intervienne, sinon il va le tuer. Je commence à faire un pas dans leur direction mais, mon grand-père tire en l'air en m'ordonnant de ne plus bouger.

Il braque son arme au niveau de mon crâne, et me demande de passer le bonjour à ma mère de sa part. J'attrape la main de mon père, qui me regarde sans comprendre mon geste. Je ferme les yeux et pense à un endroit où je me sens en sécurité. Je vois Jordan dans mes pensées, ainsi que Léa, Nolan, Chloé et toute la meute de loups.

Chapitre 11

Ambre

J'entends du bruit et des cris autour de nous, je renifle : l'air est plus pur que dans la cave où nous nous trouvions juste avant. J'ouvre un œil, puis deux et je repère les lieux. Nous sommes en plein milieu du jardin du domaine, entourés par des hommes en tenues noires, armés de mitraillettes et de sabres. Mon père essaie de les calmer, je vois qu'il ne veut pas se servir de ses pouvoirs. Un homme s'avance et nous demande de nous coucher au sol, je me positionne devant mon père et lui crie au visage.

— Nous ne vous voulons aucun mal, je suis Ambre. Je voudrais parler à votre chef Luna.
— Tu arrives trop tard, elle est morte, tuée par l'un des tiens. Tu n'es plus la bienvenue, ici. Allongez-vous, ou nous allons employer la force !

Je fais un nouveau pas dans sa direction, quand il commence à me tenir en joue.

– Recules, ou je te fais la peau ! Nos armes sont conçues spécialement pour vous, les démons Ombres.

Mon père m'attrape le bras et me cale dans son dos. Il s'adresse à cet homme que je ne connais pas.

– Je veux parler à votre chef. Je ne veux pas employer la manière forte, d'où ma présence avec seulement ma fille à mes côtés. Par contre, mes alliés n'attendent qu'un mot de ma part pour intervenir.

Soudain, une femme apparaît à ses côtés. Je la fixe, elle me regarde. Sur leur fond noir, des flammes oranges dansent. C'est assez troublant. Son visage ne m'est pas inconnu, je l'ai déjà vu quelque part, mais où ? Je n'arrive pas à m'en souvenir... Je perçois des sentiments contraires aux miens, tout d'un coup. Ce ne sont pas mes émotions. Je me retourne, et vois Jordan avancer avec prudence. Il m'observe et je sens une personne entrer dans ma tête ; je lui ouvre l'accès.

« *Comment vas-tu, Ambre ? Es-tu blessée ?* »
« *Ça va, je ne suis pas plus blessée que lorsque que je t'ai quitté, tout à l'heure.* »
« *Mais qu'est-que tu racontes ? Ton père t'a enlevée, il y a trois jours ! Tu as passé beaucoup de temps avec eux.* »

Je me tourne vers mon père, il ne m'avait pas donné cette information. Il m'observe, anxieux. Je lui tiens la main pour le rassurer, et éviter une attaque des siens.

« Il ne t'a rien dit. Normal, c'est un démon et les démons mentent, tout le temps. »

« Jordan, s'il te plaît, ne dis pas des choses pareilles. Est-ce que je t'ai menti depuis que l'on s'est rencontré ? Non. Je t'ai toujours dit la vérité, du moins, je t'ai dit tout ce que je savais sur mon compte. Lorsque je me suis réveillée, mon père a pu m'expliquer sa version des faits, mais mon grand-père nous a attaqués, du coup, il n'a pas eu le temps de me dire ça. Le seul véritable démon, c'est celui que je considérais comme ma seule famille. C'est un monstre, qui a essayé de me tuer! »

Je ressens une rage immense déferler dans mon corps. Jordan se retient de ne pas craquer, mais s'il pouvait, mon père pendrait déjà mort, entre ses mains. J'essaie de maintenir son regard sur le mien, et seulement le mien. Je relâche la main de mon père, car je vois que ça le met encore plus en colère. Il reprend.

« Ambre... Ma mère est morte, tué par un démon qui se trouvait aux côtés de ton père lors de ton enlèvement. Elle est morte. Je ne peux pas laisser passer ça, je dois la venger. »

« Jordan, mon père vient d'apprendre pour ta mère. Il ne l'a pas tué, et il ne veut pas utiliser la violence. »

Il se met à grogner, il est à la limite de la transformation. Il crie.

– Alors qui l'a tué si ce n'était pas un des sbires de ton père ?!

Mon père s'avance vers Jordan et prend la parole calmement.

– Je suis venu avec deux démons de mon clan lors de l'enlèvement, et ils n'ont tué personne. Nous n'étions pas seuls, dans ces bois. Richard, le grand-père d'Ambre, était là avec des métamorphes, des démons et des humains. Il a le bras long et sait manipuler son monde. C'est lui, qui a tué ta mère.
– Tais-toi, démon ! Ne crache pas ton venin, et assume tes actes !
– JORDAN !!! Calme-toi et laisse-le parler.

Enzo et Léana se positionnent aux côtés de mon âme-sœur. Ils demandent aux hommes autour de nous de baisser leurs armes. Mon père leur fait un signe de la tête et continue de parler.

– Je voulais juste m'adresser à ma fille, et c'était le bon moment. Sans le vouloir, elle vous a amenés à nous, dans ces bois. Nous étions pris en chasse par Richard et vous êtes apparus devant moi. Nous nous sommes cachés et au moment venu, je l'ai emmenée. J'ai dû l'endormir avec un produit anesthésiant mais j'ai un peu trop dosé... D'où ton sommeil de trois jours, Ambre. J'ai mis la quantité que l'on injecte à un démon, mais toi, tu es mi-démon, mi-humaine. Excuse-moi, mon enfant. Je ne voulais, en aucun cas, te faire du mal.

Je suis complètement perdue, je n'ai pas le souvenir de nous avoir emmenés dans cette forêt.

– Je peux me téléporter, comme toi ? Pourquoi maintenant ? Je n'ai jamais eu de pouvoirs. Tout à commencé depuis que je...
– Ton grand-père a bloqué tes pouvoirs, grâce à ton traitement pour les maux de tête et les allergies, et tu as arrêté de le prendre il y a quinze jours. Je t'ai volé ta boîte de médicaments à notre première rencontre. Tu ne m'as pas vu mais depuis ce jour, je prends soin de toi avec les moyens que j'ai. Étant donné que tu n'étais pas malade, tu n'as pas demandé de seconde boîte à Richard, et tes pouvoirs sont apparus petit à petit.

D'autres personnes se sont rapprochées pour écouter mon père parler. J'aperçois Léa, Nolan et Chloé qui se frayent un chemin pour venir se positionner à côté de Jordan.

<u>Léa</u>

J'essaie d'entendre ce que dit le père d'Ambre, mais j'ai dû mal comprendre. Ce n'est pas possible que Richard les ait pourchassé dans la forêt, il se trouvait au centre médical, ce jour-là. Je me rapproche le plus possible, suivie par mon âme sœur et ma cousine. Une fois aux côtés de Jordan, je fais un pas de plus, et coupe le démon dans son récit.

– Peux-tu m'expliquer comment tu as fait pour être suivi aussi rapidement par Richard, alors que je me battais contre lui et ses sbires, au même moment ? ! Tu étais là, toi aussi. Tu as essayé de tuer mon père et ma cousine ! !

Je sens une chaleur irradier tout mon corps. Il faut que je me ressaisisse, sinon mon double va sortir et je ne pourrais plus intervenir. Je souffle un bon coup, compte jusqu'à dix - *oui, ça m'aide parfois* - et sens mon cœur ralentir. Je reprends le dessus. Le démon me regarde, impressionné. Ressent-il ce qu'il se passe dans mon corps ?

– Léa, est-ce que tu m'as vu leur faire du mal ? J'ai bloqué ton père, pour éviter qu'il ne m'attaque grâce à votre venin, qui n'est pas mortel pour vous. Il vous fait juste perdre vos moyens un petit moment. Ensuite, le bébé tigre m'a sauté dessus, du coup je n'ai fait que me défendre.

J'entends ma cousine grogner dans mon dos, elle n'a pas apprécié ce moment de l'histoire.

– J'ai demandé à mes alliés d'attacher votre équipe médicale, sans leur faire de mal. Ensuite, tu m'as vu disparaître. J'ai suivi ma fille dans cette forêt, et Richard en a fait de même. Nous sommes arrivés en même temps sur les lieux. Il a des démons Ombres avec lui, du coup, il peut se téléporter où il veut aussi rapidement que moi.

Quand je rassemble toutes les informations, il n'a pas tort. A Chaque fois que Richard était là, il y a eu des morts, tandis que lui a fait en sorte que personne ne soit tué ou gravement blessé, comme lors de l'attaque en France. Mon père s'approche de lui et lui tend la main, qu'il serre.

– Allons dans mon bureau, Christopher. Nous avons des pactes à signer. Luna avait tout préparé avant son départ. Elle s'en voulait tellement de s'être faite berner par Richard.
– Je te suis.

Jordan s'approche d'Ambre, il la serre dans ses bras et des larmes s'échappent de ses yeux, pour glisser le long de ses joues. Je ressens toute sa peine, ce qui m'attriste énormément, mais je perçois également la joie qu'il a d'avoir retrouvé son âme sœur. Nous évacuons les lieux avec les deux démons pour entrer dans la demeure. Vanessa désamorce la barrière de protection, le temps pour eux de passer les grandes portes en bois, et la réactive juste après, par précaution. Les hommes de la sécurité ont repris leur place, ainsi que les sorciers qui sont retournés dans leur salle, mais pas pour chercher Ambre, cette fois. Ils préparent des balles contenant le venin, pour éliminer nos ennemis démons, mais aussi pour neutraliser des humains ou des métamorphes, qui sont nos ennemis les plus dangereux, en ce moment. Mon père s'installe au bureau de ma tante, il sera le directeur de l'organisation jusqu'à ce qu'un nouveau dirigeant soit élu par la communauté surnaturelle. Ils éclaircissent certains points du contrat, pendant que nous, les plus jeunes, restons en retrait. Cela ne nous concerne pas, pour le moment. Tant qu'ils n'attaquent pas nos concitoyens, je ne m'en mêlerai pas. J'observe avec attention cette démone, qui me rappelle quelqu'un. Elle fuit mon regard quand une lumière s'allume, dans ma tête. Je sais qui elle est. Je me mets à parler fort, dans sa direction, pour qu'elle m'entende.

– Madame Hopkins ? Vous êtes notre professeure principale.

Ambre se tourne vers moi.

– Oui, c'est ça ? Je n'arrivais plus à mettre un nom sur votre visage.

Notre professeur ne se sent pas à l'aise, tout d'un coup. Son regard passe d'Ambre à moi.

– Mais ... Comment se fait-il que je n'ai ressenti aucun fourmillement lors de notre cours ? J'aurais dû avoir au moins une légère douleur au niveau de mon tatouage ! !

Je questionne mon père du regard, mais il a l'air autant perdu que moi.

Ambre se retourne vers son père et l'interroge.

– C'était donc elle qui devait me surveiller ?

Il se raidit et l'ambiance devient électrique dans la pièce.

– Qu'est-ce que ma fille raconte ? Tu es leur professeur ? Tu m'as dit que tu venais d'arriver en Amérique ? Tu vis en France, là où il y a la faille ouverte. C'est toi qui nous a libérés grâce à une puissante sorcière.

Il la tient par les épaules tout en lui parlant.

– Tu m'as dit que tu voulais m'aider, car Richard t'avait tout pris : Ton mari et ta fille. Ça aussi, c'est un mensonge ?!

Madame Hopkins est livide, elle essaie d'échapper aux mains du père d'Ambre, mais il est plus fort qu'elle. Vanessa entre dans la pièce et lui explique que les pouvoirs des démons sont bloqués dans cette demeure. Elle n'a pu protéger que celle-ci pour le moment, mais les sorciers travaillent très dur pour le reste du domaine. Le père d'Ambre la secoue et lui hurle dessus.

– Que veux-tu, Sabrina ? Quel est ton but ?
– Lâche-moi, tu n'es qu'un traître ! Tu as fait un pacte avec ceux qui nous tuent ou nous renvoient en enfer. C'est une honte, ils ont tué mon mari et ils ont emprisonné ma fille ! Je ne peux pas laisser passer ça. Il faut que je la

libère ! Elle est si jeune, elle ne peut pas croupir en prison.

Mon père quitte son fauteuil et se rapproche de Sabrina.

– Comment as-tu fait pour cacher ton identité à ma fille ? C'est impossible, normalement.

Elle lui crache au visage en l'insultant, quand soudain une boule de feu la fait reculer de deux pas. Son joli manteau beige ne l'est plus. Son bras saigne abondamment. Tout le monde se retourne vers la personne qui a fait jaillir cette boule. Ambre a les mains en feu, prête à recommencer. Ses pupilles sont orange et quand je la touche, elle est brûlante. Un son rauque sort de sa bouche pour s'adresser à Sabrina.

– Parle, démon ! Sinon, ce n'est pas ta fille que tu vas retrouver, mais ton mari ! ! !

Elle regarde sa plaie puis Ambre. Elle a peur, elle tremble.

– Je n'ai rien fait du tout …
– … Menteuse.

Une boule de feu sort de sa main, j'actionne mon pouvoir et l'arrête en vol. Elle s'éteint comme une bougie sur laquelle on aurait soufflé. Mon père reste béat, je ne lui ai jamais parlé de ce pouvoir. Après, je n'ai pas eu beaucoup de temps pour lui parler ces dernières années...

Ambre grogne, et Jordan intervient pour la raisonner. Je demande à Sabrina de continuer.

– Quand je t'ai vu entrer dans la classe, Léa, je pensais que j'étais finie, que tu allais me repérer, mais rien ne s'est passé. Il n'y a eu que cette chute, lorsque je me suis rapprochée de vous deux.
– Oui, je me souviens. Dès que je t'ai touchée, Ambre, j'ai ressenti une douleur qui m'a fait tomber de ma chaise. Mais vous, vous m'avez aidé à me redresser, j'aurais au moins dû avoir des fourmillements, à votre contact. Quand j'y pense, lors de l'attaque du démon près de la fontaine, je ne l'ai pas senti arriver non plus.

Mon père nous expose sa théorie: Il pense que lorsque je suis avec Ambre, mon pouvoir est désactivé. Je ne peux plus sentir la présence des démons, par contre si nous entrons en contact alors que des démons sont dans la pièce, la douleur s'exprime crescendo. Il pense qu'il faudra qu'on teste ça hors de la demeure par la suite, pour éviter d'être en danger. Je pensais que tout ça était dû à l'absence trop longue de Nolan à mes côtés, je me suis bien trompée. Mon père me regarde, mécontent, car je ne lui ai jamais parlé de ces incidents survenus sur le campus. Un sourire apparaît sur les lèvres de Sabrina.
Elle n'a plus peur de nous. Pourquoi ce changement radical ? Il doit se passer quelque chose. Léana ouvre la porte et se met à crier.

– Nous sommes attaqués de tous les côtés. Ils sont une bonne centaine.

Mon père ouvre l'ordinateur et observe l'écran.

– Oh, pu.... Allez à l'arsenal ! Emmenez toutes les personnes que vous croisez dans les couloirs, ainsi que toutes les armes qui pourraient vous servir ! On se rejoint ici, dans cinq minutes!

Tout le monde se dirige au fond du couloir. Sabrina, arborant toujours ce sourire niais sur les lèvres, traîne la patte pour ralentir mon père. Il va pour l'enfermer dans nos sous-sols, quand une explosion retentit à l'entrée de la demeure et le propulse contre le mur. Je me retrouve plaquée au sol par un objet très lourd. Je relève la tête et la dernière image que je vois est Sabrina en train de prendre la fuite par le trou béant dans la porte. Elle rejoint nos assaillants, qui ne sont autres que Richard et son groupe d'assassins.

Chapitre 12

Ambre

Mes jambes ne répondent plus. Je me redresse, et examine la situation. Mes oreilles bourdonnent, j'observe le remue-ménage autour de moi. Des gens courent dans tous les sens tandis que moi, je suis clouée au sol, coincée sous des morceaux de portes. Léa est inconsciente, à côté de moi. Une planche lui recouvre le torse et la tête. J'essaie de me dégager mais c'est trop lourd. Nolan arrive vers nous, accompagné de Jordan, et ils nous libèrent. Chloé et sa mère sont devant la porte, qui ne tient que par un petit morceau, armées jusqu'aux dents. Enzo, quant à lui, se relève péniblement. Il a l'air sonné. Du sang coule de son crâne, il s'essuie le visage, reprend ses esprits et part chercher de quoi se défendre. J'entends des gémissements sur ma droite, Léa reprend connaissance.

– Ça va Léa ? Prête à affronter mon grand-père ?
– Ouh là, laisse-moi cinq minutes, que je récupère.

Chloé se met à crier dans notre direction.

— Léa, on n'a pas cinq minutes, donc bouge-toi ! Nous n'allons pas tenir longtemps, ils sont trop nombreux !

Nolan l'aide à se relever et nous nous positionnons juste derrière Chloé et Léana. Les humains sont au premier rang, avec les métamorphes. Les démons attendent à l'extérieur, ils ne peuvent pas pénétrer dans l'enceinte de l'établissement grâce à la barrière de protection. Mon père revient avec Enzo de l'arsenal, les bras chargés de flingues. Il m'en tend un, mais je lui montre mes mains, qui sont beaucoup plus efficaces. Léa accepte un sabre qu'elle fait pendre dans son dos. Elle prend les mains de Nolan et lui parle.

— Je veux te dire quelque chose, en privé.

Elle le tire un peu plus loin, mais elle semble avoir oublié que tout le monde a une bonne ouïe autour d'elle. Elle reprend.

— Tu sais que je t'aime...
— Bien sûr que je le sais, qu'est-ce qu'il se passe Léa, tu me fais peur ! !
— Tu es au courant que je ne peux pas me transformer en animal ou prendre le visage d'une autre personne comme mon père ?!
— Oui, je sais tout ça, qu'est-ce que tu me caches, Léa ?
— Bon, les tourtereaux, accélérez le mouvement car ils se rapprochent !
— Oui, c'est bon Chloé, je me dépêche.

Il m'embrasse et je lui rends son baiser. Je le repousse quand il devient plus intense.

– Nolan, j'ai... deux personnalités en moi. Celle que tu côtoies tous les jours depuis notre rencontre, et celle qui apparaît quand je suis hors de moi, comme maintenant. Je lutte pour qu'elle ne prenne pas le contrôle, mais c'est compliqué car parfois elle m'aide aussi à avancer. C'est le cas surtout quand tu n'es pas avec moi, comme ces dernières années ... Bon, on en parlera davantage après la bataille. Juste une chose: Ne la laisse pas t'embobiner, car elle est très forte à ce jeu. Je ne peux plus tenir, elle veut prendre le contrôle pour casser la gueule de ces monstres.

Léa recule, s'immobilise un bref instant, et observe d'un regard nouveau l'homme qu'elle a en face d'elle.

– Mmmhhh, appétissant ! !

Nolan reste coi, il ne sait plus quoi dire. Je me marre dans mon coin, quand elle l'attrape pour un baiser brûlant. Elle le lâche, nous passe devant et éjecte le reste de la porte dans les airs. Les débris atteignent quelques humains et les mettent à terre, inconscients. Je me place à sa droite, des boules blanches apparaissent dans ses mains. Ce sont des boules d'air, le contraire des miennes, qui sont de feu. Elle me regarde et hurle.

– Allons reprendre ce qui nous appartient ! ! !

Nous sommes réunis dans le grand jardin derrière la demeure. Mon grand-père, cet être abject est en face de moi, et me braque avec sa mitraillette. Il croit vraiment qu'il aura le temps de m'atteindre. Un humain commence à tirer sur nous, mais Léa le fait voler dans les airs avec une bonne dizaine d'entre eux. Les démons se battent avec le clan de mon père qui nous a rejoint, à l'extérieur. Jordan se trouve à mes côtés, il se bat contre un lion qui n'arrive pas à avoir le dessus. Sa meute n'est pas très loin de lui et le protège des autres métas qui essaient de s'infiltrer dans le combat. Je cherche mon ennemi principal et le repère un peu plus loin sur ma gauche, en train de se battre avec Enzo. Le combat est féroce, le père de Léa est très fort. Il envoie mon grand-père manger la poussière, mais je l'arrête. C'est mon combat. Il me fait un signe de la tête et s'éloigne pour prendre en chasse d'autres humains. Mon grand-père relève la tête et croise mon regard, dont il ne décroche plus.

— Alors, ma puce, tu ne viens pas faire un câlin à ton papou ?

Il observe la situation avec un sourire narquois.

— Je ne veux plus que tu m'appelles comme ça. Je ne suis plus ta puce et toi tu n'es plus rien pour moi.

Je sens ma température corporelle augmenter. Mes mains sont en feu, prêtes à lui donner le dernier coup. Mais je ne suis pas comme lui, alors j'attends qu'il se redresse pour l'attaquer.

– Relève-toi et montre-moi le monstre que tu es !

– Oh, mon enfant... Tu crois pouvoir m'atteindre aussi facilement ? Détrompe-toi.

Il disparaît et réapparaît immédiatement dans mon dos. Comment a-t-il fait cela ? Il me bloque contre son torse, et ma température grimpe crescendo. Il devrait prendre feu, mais apparemment sa combinaison ne craint pas la chaleur. Je peux sentir sa satisfaction face à mon étonnement. Il m'assène un coup entre les omoplates qui me fait me mettre à genoux. Il me demande de me retourner, ce que je ne fais pas. Du coup, il m'attrape par les cheveux et me traîne dans la boue. Je suis sidérée de le voir agir de cette façon. Il se penche et me chuchote à l'oreille.

– Je vais te tuer comme j'ai tué ta mère.

Il respire mon odeur, appuie sur mon menton pour me faire relever les yeux vers son visage.

– Tu as le même regard qu'elle juste avant sa mort. Elle ne pensait pas que je serais capable de tuer mon propre enfant, mais elle se trompait. La famille passe après la cause. Ta mère était lâche, elle m'a supplié de ne pas la tuer jusqu'à la fin. Et toi, misérable enfant, tu es comme elle, à vouloir te rebeller, alors que je t'ai tout donné pendant toutes ces années! La seule chose que je ne t'ai pas appris, c'est de te battre à fond pour une cause. Tu es trop naïve et tu n'as pas ce qu'il faut où il faut pour me tuer, petite vermine !

J'entends Léa crier, derrière moi, des mots d'encouragements. Elle me permet de reprendre confiance en moi, de pouvoir l'affronter de nouveau. J'essaie de me lever mais il met tout son poids contre mon dos pour me maintenir au sol. Je me concentre. Lui, lève son sabre au-dessus de moi, prêt à me mettre le coup fatal. Au même moment, je lui touche les tibias, seul endroit non couvert par sa combinaison, et son corps commence à prendre feu. Il me relâche dans un hurlement, son sabre brise l'air et tombe à mes pieds, je peux enfin me relever pour lui montrer à qui il a à faire.

— Tu as réussi à me manipuler durant toutes ces années, mais maintenant c'est fini. Tu ne m'as peut-être pas appris à me battre pour une cause, mais Rosita, si. Elle a été comme une mère pour moi, et elle a plus de tripes que toi. Ce n'est pas moi, la vermine, c'est toi ! Et j'espère que tu iras tout droit en enfer, comme ça tu n'auras jamais de répit. Les démons vont se charger de toi pour l'éternité.
— Rosita est morte, ah ah ah ! Elle m'a trahi en essayant de venir te rejoindre, et je l'ai tuée avant qu'elle ne franchisse le seuil de la maison.

Je m'approche de lui, et il recule par peur que je lui fasse de mal. En observant mes mains, je me rends compte que tout mon corps est en feu. Ah, intéressant... Il a peur de moi, maintenant?

— Tu l'as tuée alors qu'elle ne t'a rien fait.

Ma voix est rauque et puissante. Je lève les mains dans sa direction et toute ma rage se déverse. Sa combinaison ne le protège plus, il se roule au sol pour éteindre le feu mais celui-ci se répand, de plus en plus. Il arrête de bouger, me fixe et essaie de me toucher la jambe. Je lui tourne le dos en lui criant d'aller brûler en enfer.

Léa

Je distingue toute la scène d'où je suis. Ambre est en mauvaise posture, il a réussi à la déstabiliser. Il va la tuer si personne n'intervient. Je regarde autour de moi, je suis la plus proche. Si je n'avais pas tous ces démons accrochés à mes basques, je pourrais aller l'aider. Il faut que j'intervienne, et vite. Je mords celui de droite qui part en cendre juste après, j'enfonce ma dague dans celui d'en face qui s'effondre à mes pieds. Je me retourne vers Ambre qui se trouve toujours dans la même position. J'envoie une tornade sur le reste des démons autour de moi, ça ne les tuera pas, mais ça me permet de gagner un peu de temps pour l'aider. Je cours vers elle, en criant.

– Ambre ! Pense à tout le mal qu'il a fait, ce n'est pas ton grand-père, c'est un monstre ! Nous sommes ta famille, maintenant, alors ne le laisse pas t'atteindre par ces mots ! Allez Ambre, défend-toi !!

Je la vois essayer de se redresser, mais il l'écrase au sol. Je suis presque à sa hauteur quand un immense dragon m'attrape par les bras et m'emporte avec lui dans les airs. Je ne peux plus rien faire pour elle. Le dragon essaie de me cramer le corps en m'envoyant des boules de feu que je dissous, au fur et à mesure. Je sens qu'il s'épuise. Je ne suis pas lourde, mais porter une personne et utiliser ses pouvoirs, ça demande beaucoup d'énergie. Je me fais balancer d'avant en arrière pour le déstabiliser. Ça marche, il commence à perdre de l'altitude. Je peux apercevoir Ambre qui a repris le dessus sur son grand-père et lui tourne le dos. Ouh là ! Il faut que je me prépare, car le sol se rapproche dangereusement ! Le dragon me relâche et je me retrouve au milieu d'un groupe de démons. Je me suis mal réceptionnée et en voulant me relever, je ressens une vive douleur au niveau de la cheville. Je ne peux plus prendre appui dessus. Les démons autour de moi resserrent leur cercle. Je sens leur haine contre moi, ainsi que leur joie de pouvoir me tuer. Mais je ne me laisse pas démoraliser aussi vite et je m'aide d'un bout de bois pour me redresser. J'envoie des boules d'airs qui sont minuscules et qui s'éteignent avant même d'atteindre les cibles. J'ai usé trop d'énergie, mon corps est en train de me lâcher.

Les démons s'esclaffent, en voyant ma mine. J'ai sûrement été blessée d'avantage que je ne le pensais durant ma chute, car du sang dégouline sur mon visage. Ils sont presque à ma hauteur quand soudain des ombres apparaissent et disparaissent, et je me retrouve entourée d'au moins dix petits tas de cendres. Les démons sont morts ? Comment est-ce possible ? Je pensais être la seule à pouvoir les tuer ! ! Je vois une main tendue devant moi, je lève la tête et tombe sur des yeux de la couleur des flammes. Je prends volontiers sa main pour me lever et elle m'aide à avancer vers les autres membres du groupe.

– Merci, Léa, sans toi je n'aurai jamais réussi à tenir tête à Richard. Je te dois la vie.
– Et moi alors ? Tu viens de sauver mon joli petit derrière de dix démons en furie. Alors je pense que nous sommes quittes.

On se met à rire, d'un rire franc et sincère que je n'ai pas eu depuis la mort de ma tante. Nous marchons et arrivons devant la demeure dont l'entrée est complètement en ruine. Je cherche Nolan parmi tout ce monde et l'aperçois vers le centre médical, avec Jordan et Chloé. Nous nous posons sur les escaliers pour nous reposer. Ma cheville me fait extrêmement mal.

Nolan vient dans ma direction quand Sabrina se jette sur lui et lui enfonce une dague dans le torse.

Elle recule et disparaît après m'avoir lancé un regard haineux mélangé à de la joie. Je hurle en voyant Nolan s'effondrer au sol. Je me lève avec l'aide d'Ambre pour le rejoindre. Juliette accourt et le retourne pour voir ce qu'il a. Son t-shirt est imbibé de sang. Je me pose à ses côtés sans gêner Juliette, qui lui prodigue les premiers soins.

– Ne m'abandonne pas, Nolan. On vient tout juste de se retrouver !

Les larmes coulent sur mon visage, il lève la main et les essuie.

– Ne pleure pas, Léa, ce n'est rien. Juliette va faire le nécessaire pour que nous restions encore ensemble des dizaines d'années.

Il se met à cracher du sang, Juliette est inquiète, ce n'est pas bon signe. Les infirmiers arrivent avec un brancard. Ils l'installent dessus et commencent à avancer. Nolan les stoppe pour me parler. Juliette nous accorde quelques minutes. Ambre me tend le bras pour que je m'appuie dessus, je me lève et le regarde. Je renifle, il me fixe et me tend sa main que je prends dans la mienne.

– Sabrina, m'a dit quelque chose d'étrange... Je pense que c'est elle... Qui détient mon père, alors s'il te plaît, sauve-le... Et je veux que tu te fasses soigner, mon amour... Car tu es dans un piteux état, toi aussi. Laisse-les m'emmener, ils vont s'occuper de moi, d'accord ? Mais surtout, quoi qu'il arrive derrière ces portes, je veux que tu vives, c'est compris ?! Je t'aime Léa, ...Tu es mon âme sœur. Il n'y a eu que toi dans ma vie et je suis plus que ravi de t'avoir rencontré... Mais, je t'en prie, vis...

Son regard est presque vide, sa tête part sur le côté et du sang coule sur sa joue. Je l'essuie avec mes doigts et lui embrasse la main. Il ne bouge plus, ne réagit plus à mon toucher. Juliette se penche au niveau de sa bouche, prend son pouls et crie aux infirmiers de presser le pas.

– Allez, on ne peux plus attendre, il vient de perdre connaissance !

Son regard est triste et quand elle me fixe, je sais que c'est fini, qu'elle ne pourra plus rien faire pour lui. Pourtant, j'espère le voir se lever et courir vers moi pour me dire que tout va bien, qu'il m'aime. Je suis le brancard du regard. Il part vers la clinique et je reste pantelante, au milieu de tout ce carnage. Je sens une douleur à la poitrine qui me cloue au sol, est-ce le signe qu'il n'est plus de ce monde ? Ambre me rattrape avant que je ne me fracasse la tête. Elle m'accompagne au sol et me caresse les cheveux en me chuchotant des mots de réconfort. Tout d'un coup, je réalise, en regardant autour de moi, que Nolan n'est pas le seul qui ait été blessé.

Il y a des corps dans tout le domaine . . .

Remerciements

Pour commencer, un grand merci à toute ma famille qui me soutient dans tous mes projets. Ils sont toujours là pour moi, à m'accorder du temps, me conseiller et me booster quand je ne suis pas trop motivée. Je vous aime très fort.

Toute ma gratitude à mes bêtas lectrices, Kélyne, Sandrine, Juliette, Valérie et Isabelle. Pour leurs critiques constructives et leurs conseils qui m'ont permis d'améliorer cette histoire. Merci beaucoup pour cette aide précieuse.

Toute ma reconnaissance aux chroniqueurs et chroniqueuses pour leurs retours constructifs car j'ai pu évoluer dans mes projets futurs.
Merci @thequeenofbooksss , @la_melodie_des_mots , @manonlabookeuse, @zadsd et tous les autres...

Merci à tous les auteurs qui m'ont donné des conseils et qui m'aide à avancer plus facilement dans la démarche de l'auto-édition.

Pour finir, mille mercis à tous mes lecteurs, qui ont, j'espère, apprécié mon second tome dans un univers un peu différent du premier (un peu moins de chevaux.)

Vous pouvez retrouver tous mes livres sur Amazon, mais aussi sur mon compte instagram :

@di_anna_auteure

Il en existe trois :

– L'organisation de l'ombre paru en juillet 2019.

– La petite tribu et le grimoire magique paru en décembre 2019.

– L'étalon mystique tome 1 : la découverte paru en mars 2020.

Auto-édité par Karine Garcia, à Sablons.

Auteur : Di Anna.

Instagram : @di_anna_auteure

Twitter : @DiAnna55246429

Achevé d'imprimer en novembre 2020

ISBN : 978-2-9569046-5-6

Dépôt légal novembre 2020